Die Hanna. Novelle

Jakob Julius David

Impressum

Autor: Jakob Julius David
Umschlagkonzept: toepferschumann, Berlin

Verlag: tredition GmbH, Hamburg
ISBN: 978-3-8424-0667-4
Printed in Germany

Jakob Julius David

Die Hanna

Eine Postkarte war mir unversehens ins Haus gekommen. Florian Petersilka erinnerte mich alter Beziehungen, teilte mir mit, er habe sich nächst Klosterneuburg in einem einsamen Häuschen eingemietet, und bat mich dringend um meinen Besuch für nahe Frist.

Es war im beginnenden Spätherbst. Das ist die richtige Zeit für eine bequeme Wanderung die Donau aufwärts. Und der Mann, der in einer wunderschönen, weiträumigen, klaren Schrift diese Einladung an mich ausgehen ließ, stand mir klar genug vor den Augen, daß mir ein Wiedersehen mit ihm höchst erwünscht sein mußte.

Wir waren gute Kameraden gewesen am Kremsierer Gymnasium. Das war nun freilich manches liebe und leide Jahr her. Aber so lange Zeit mit starken Erlebnissen darüber verflossen war, ich hätte den wunderlichen Gesellen nicht vergessen können, auch wenn er sich späterhin nicht mir und allen, welche die Kunst lieben, in der nachdrücklichsten Weise ins Gedächtnis gerufen hätte.

Er war das Kind ganz armer Häuslersleute aus der Hanna. Und natürlich studierte er also über Wunsch seiner sehr frommen Mutter, und weil das am billigsten kommt, »auf geistlich«. Und er war dazumal sehr fromm und fühlte sich in seiner künftigen Würde nicht wenig und sprach voll Ernst und Salbung, die seinen heftigen und durch die Kutte doppelt fahrigen Bewegungen drollig genug widersprachen.

Er konnte sich in einen großen religiösen Eifer hineinreden. Dennoch traute man ihm nicht so ganz. Seine Flammen schienen gewollt verzückt. Und er hatte merkwürdig heiße Augen, von denen man das Gefühl hatte, sie ziehen alles tief in sich und sehen es ganz eigen und behalten es in sich.

Dann waren ihm seine Eltern weggestorben, so daß kein Einfluß mehr auf ihn geübt ward. Und ihm war von einem Oheim eine Erbschaft zugefallen, groß genug nach seinen Begriffen, um ihn frei und unabhängig zu machen. Augenblicklich sprang Petersilka aus der Kutte und offenbarte nun einen höchst merkwürdigen Pfaffenhaß voll kühner Übertreibungen, eine Verachtung aller Kirchengebote, die in der kleinen Stadt übel genug vermerkt wurde.

Denn Jud' und Christ mochten sich so weit nicht. Ein Freigeist aber mißfiel beiden Bekenntnissen in gleicher Weise. Denn man hielt auf Religion.

Er gebärdete sich hussitisch und die Deutschen hassend genug. Man glaubte es ihm nur so wenig, wie vordem seine ausbündige Andächtigkeit. Etwas unbewußte Komödie spielte er offenbar sich und anderen gerne vor, und er verlor sich immer völlig an die Umstände, unter denen er lebte.

Für begabt galt er durchaus nicht. Da hatten wir schon ganz andere Köpfe oder wie Pater Mathia sagte: *lumina*. Im Seminar hatte man ihn durchgeschleppt, weil einer schon sehr gottverlassen sein muß, was sich für einen Gottgeweihten doch nicht gehört, um da durchzufallen. Nun, da er ans Obergymnasium kam, ging es mit ihm jämmerlich genug. Er mochte weder lernen noch lesen, und dem Durchschnitt erschien er wohl stumpf und gleichgültig gegen alles. Offenbar blieb er nur auf der Anstalt, weil er sich für den elterlichen Beruf schon verdorben fühlte, weil er zum lateinischen Bauern keine Lust hatte und noch nicht recht wußte, was mit sich beginnen.

Er hatte dabei eine eigene Art an sich, die Herren Professoren gegen sich zu erbosen. Noch lebten und wirkten einige Piaristen darunter, denen es bei aller ihrer Duldsamkeit mißfiel, daß er sich trotz seiner ursprünglichen Bestimmung für die Kirche nun gar so weltlich und gottlos benahm. Und sie hatten die nicht eben löbliche Gewohnheit an sich, bei jedem Vergehen gegen Schulordnung und Lerneifer mit dem schärfsten Geschütz und mit Drohungen ewiger Verdammnis anzurücken.

Diese polterten, und andere winselten. Nun war es manchmal, als lege es Petersilka darauf an, die hochwürdigen Herren jeden nach seinem Temperament in eine gelinde Wut hineinzureizen. Dann stand er da, eines Hauptes länger als die gesamte übrige Klasse, die schwarzen, schlichten Haare zurückgestrichen, knochig, mager und eckig, und schwieg, die schwarzen Augen unverwandt auf seinen Lehrer, der nun sein Opfer war, gerichtet, stechend-spähend der Blick, als dürfe er keinen Laut und keinen Gestus vergessen: furchtbar ernsthaft und dennoch durchaus ein Kauz und ein Schalk.

Da war der Pater Mathia. Sehr streng, sehr eifrig auf sein Griechisch und auf seine Einführung in die philosophische Wissenschaft, mit denen man uns eben die letzten Weihen für die Hochschule gab und den Abschied vom Gymnasium versüßte. Wir hatten haarscharfe Logiker und erstaunliche Psychologen unter uns. Petersilka verachtete alle drei Fächer. Gerechter war keiner als Pater Mathia; keiner aber auch gröber. Denn er war ein deutscher Bauernsohn und gefiel sich in der Mundart und den Flüchen der Heimat. Er konnte wettern, daß es seine Art hatte und den Verstocktesten ein Schauder überkam; über zwei Fuhrknechte, die sich ineinander verfahren haben und nun nicht loskönnen, war er. Und man weiß, in solchen Fällen gewinnt die Erfindungsgabe Schwingen, und es kommen schöne und des Denkens würdige Leistungen zutage.

Der hatte den Petersilka einmal in der Arbeit. Es war ein Spektakel, als wolle er dem Burschen an den Kragen, und daß man auf den Gängen zusammenlief. Und mitten in seinem Koller, knapp nach der Frage, die immer den Höhepunkt seiner Ausführungen bezeichnete: »Du Mistkerl! Deinetwegen glaubst du, daß Christus gestorben ist?« wollte sich der hochwürdige Herr kräftigen und griff nach seiner Dose, denn daraus sog er seine schönsten und saftigsten Wendungen, und merkte mit Schrecken, sie sei völlig leer. Petersilka aber langte mit einer unsäglichen Seelenruhe in seine Tasche und bot dem Grollenden eine Prise dar. Gedankenlos griff der zu, schnupfte, und alle Buben brachen miteinander in das unbändigste Gelächter aus. Nur Petersilka schnitt sein unschuldigstes Gesicht, der Herr Professor aber bekam einen neuen Wutanfall, schimpfte und knurrte noch einiges und trat alsdann einen unrühmlichen Rückzug an.

Wir beide vertrugen uns ausgezeichnet.

Es war nämlich erstaunlich und wie ein Wunder, wie scharfe Sinne der Bursche hatte. Er bestimmte nach der Schichtung der Wolken das Ziehen des Windes. Er gewahrte jeden Kringel im betauten Gras. Er sah die Lerche, wenn sie ganz verloren und im Blauen ihr Sonnenlied herunterjauchzte.

Bestaunte man ihn darum, dann fuhr er sich mit der Hand übers Gesicht, wie es die Herren Lehrer in der Gewohnheit hatten, um die Glätte ihrer rasierten Wangen zu prüfen: »Weißt du, weil ich nicht so dumm bin, da werde ich mir meine Augen vielleicht auch mit den blöden Büchern verderben!«

Wir gingen miteinander spazieren. Aber den Park, der doch prächtig genug ist, mit seinen alten Baumgängen, mit dem stolzen Geflügelhaus, das sich so schön und goldgetont im großen Weiher spiegelt, in dessen stiller Flut an schwülen Tagen sich die Karpfen in dichten Scharen, die beschuppten Rücken schillernd in der schwülen Sonne zur Fläche drängen, während ein leichter Wind die Blüten der Kastanien über die Wasser streut, den mocht' er durchaus nicht trotz der zierlichen Tempelchen, der rinnenden Bächlein, darüber sich schlanke Brücklein spannen, der großen grünen Wiesen, überwuchert von mannigfachem Blühen, auf denen der Pfau sein sonniges Rad schlägt, trotz seiner Haine voll einer schönen, verschwiegenen Einsamkeit und Kühle. Der war ihm gar zu gesittet.

Dahin ging man nur, um zu baden oder um einen müßigen und sonst verlorenen Nachmittag zu verdehnen. Und er sprach recht sehr verächtlich zu meinem innigen Schmerz davon. Aber ich war ihm durchaus nicht gewachsen.

Aber in die weiße Ebene hinaus gingen wir. Und ihm war keine Glut und kein Stäuben zu viel. Er sprach eigentlich wenig. Aber gedeutet hat er gerne, und man mußte erraten, was er meine und was ihn just beschäftige: etwa das schillernde Häutchen, leuchtend in allen Farben des Regenbogens, das sich auf einem Tümpelchen gebildet, oder der unendliche Rückglanz des Lichtes auf einem stehenden Wasser, wo man es mit einer Wehr gestaut, und sein Glitzern, wenn es milchig gischtend niederfloß, oder nur ein Baum, der überstäubt in der grauen Ebene stand, als hätte sein schwarzes Laubwerk Puder überflogen, oder nur ein fernes Dorf, das sich mit braunen Strohdächern in eine Mulde duckte, wie ein Rebhuhn in seiner Furche kauert. Bis ins sinkende Dunkel wanderten wir so. Bis die Sterne, die er zu nennen wußte, am Himmel standen und die Windmühle von Bilan mit ihren dunkeln und ruhenden Flügeln auf ihrem winzigen Hügelchen gespenstig und wie ein riesiges Andreaskreuz in die ungeregten Lüfte ragte.

Es war eine starke und ehrfürchtige Liebe zur Heimat in ihm. Er eignete sie sich an, er trank sie in sich, ohne jeden Nebengedanken. Ich aber habe in solchen Wanderungen viel und unvergeßlich von ihm gelernt.

Bei der Matura haben wir diese Erkenntnisse nicht etwa genützt. Wir standen beide davor. Aber sogar Petersilka kam durch zum allgemeinen Erstaunen des Gymnasiums. Man ließ ihn durchschlüpfen, wohl mehr damit man seiner endlich ledig sei, mit dem man gar nichts mehr zu beginnen wußte, als in der Überzeugung von seiner Reife für die Hochschule.

Er verriet keinerlei Freude oder Überraschung über das immerhin unerwartete Ereignis der Prüfung, während viele darob gar nicht genug staunen konnten, nachdem er doch in mindestens drei Fächern geradezu jammervoll dagestanden war. Er sprach auch nichts davon, welchem Beruf er sich und seine Fähigkeiten zu widmen gedenke. Es war eine merkwürdige und unjugendliche Gleichgültigkeit in ihm.

Wir machten gemeinsam noch einen letzten, unseren liebsten Ausflug: zum Mövenweiher von Chropin.

Ein eintöniger Weg! Die Felder waren gemäht, und die Stoppeln standen kurz, gelb und traurig da. Es war trockene Zeit, und es stob allenthalben. Nur die Zuckerrübe hatte noch ihr gilbendes Blattwerk, und die gelbgrüne Hirse, die aus der Ferne so goldig weht, nickte mit schwachen und zierlichen Rispen.

Durch sparsame Wäldchen mit geringem Schatten ging's. Wieder war es die blache Ebene, über die die sinkende Sonne all ihren Strahlensegen ausgoß. Es war schwül und ein ungeregter Tag.

Endlich standen wir vor dem Gewässer, das uns groß genug erschien. Zwischen den rotbraunen Rohrkolben stieg ein gelles und flirrendes Leuchten auf. Blasen hoben sich zur Höhe und zerzischten platzend, und Binsen stiegen schlank, starr und überaus hoch-stämmig empor.

Über der Flut aber trieben Möven aller Arten und, wie es uns schien, aller Farben ihr Wesen. Sie kreisten einsam mit weißen, blanken Schwingen im Blauen, sie jagten einander, gesellten sich zu Schwärmen, kreischten gierig und fielen ein mit hastigen, blitzen-den Bewegungen.

Die Schatten der wehenden Fittiche glitten über den Teich. Ver-wirrung bot der Blick aufwärts, Verwirrung der zum Boden. Dazu das Schrillen der vielen Stimmen. Nicht müde ward man vom Se-hen; aber wie ein Taumel und wie ein Schwindel ging es davon aus.

Petersilka stand da. Stramm aufgerichtet und ganz Auge. Hinter ihm war die Sonne. Wie sie sich immer rascher zum Niedergang neigte, so vermehrte sich das Schwärmen über uns, wuchs das Schwirren der Flügel ins Unermeßliche. Zu Scharen kamen sie an-gesegelt, mit zuckenden eilfertigen Schlägen und heiserem Rufen. Vereinsamt schwamm noch eine einzelne und zog hoch oben, das Gefieder angeglüht vom Abendsonnengold, ihre schönen und stol-zen Kreise. Petersilkas Schatten fiel mächtig über den Weiher; er sah andächtig in den vielen Glast und sprach kein Wort. Nur mit einer herrischen Gebärde der Rechten, die ich nie an ihm gewahrt, die beinahe einer Beschwörung glich, schnitt er durch die Luft.

Hernach gingen wir heim. Schweigsam, wie gewöhnlich. Nur an ihm war eine merkwürdige Verdrossenheit, eine Abspannung, die ich denn doch nicht ganz verstand. Als trüge er ein Geheimnis oder eine neue Erkenntnis mit sich heim. Die Nacht drängte heran, und es war diesmal, als scheuche sie uns zurück zur Stadt. Einige spa-zierten noch am Ring; immer in der Tretmühle, in der Erholung so gut wie in der Arbeit.

Wir nahmen keinen gerührten Abschied, und wir schlossen kei-nen Bund fürs Leben miteinander. Aber ich habe oft, ach oft, seiner gedacht. Denn er kam mir aus den Augen. Andere Sorgen nahmen mich in Wien gefangen. Denn ich habe mich in der fremden und großen Stadt schwer genug eingeheimt, mich oft genug in ihr ver-lassen geglaubt und unsicher und ungeschickt meine ersten Schritte in ihr getan. Ich vernahm wohl, auch Petersilka sei in Wien. Aber in der Universität sah man ihn niemals, nicht einmal zu Semesterschluß, der sonst auch die Trägsten zu einem Gang dahin bewegt und aufrüttelt. Was trieb er? Das war nicht zu erkunden. Was immer aber ich gehört hätte, gerade von ihm wär' mir gar nichts verwunderlich erschienen.

Ihn zu suchen hatt' ich keine Zeit. Wie auch hier einen aufstöbern, der sich vielleicht mit Bedacht verborgen hielt und Wege ging, die sonst niemand nahm? Die Überzeugung aber bestand bei mir, wir müßten uns wieder einmal begegnen und nicht nur für einen Augenblick.

Und so waren denn mehr als zwanzig Jahre vergangen.

Wege, voller Zuversicht und gemeinsam angetreten, hatten sich für immer getrennt. Manch guter Geselle war mir vergessen. Mancher verloren für diese Zeit oder für ewig. An diesem einen hielt mein Gedächtnis, vielleicht meine Seele mit einer sonderbaren Zähigkeit fest. Und mir schien, der ich doch selbst schon ergraute, er könne nicht altern, und ich sah ihn immer vor mir, wie an jenem Abend in Chropin: lang, mager, bartlos und mit vollem schwarzem Haar, bedachtsam und eckig und so schrecklich ungeschickt und windmühlenmäßig in den sparsamen ruckhaften Bewegungen der Arme.

Und dann war jene mährische Schule der Landschafter hochgekommen, so voll einer unergründlichen, grenzenlosen Liebe zur Heimat, zu ihren armen Reizen, so bestrebt, der Welt zu offenbaren, was sich alles aus ihrem träumerischen und von grauen und gekropften Weiden überschatteten Born schöpfen lasse; künstlerisches Neuland voll unerschöpflicher Fruchtbarkeit offenbarte, kaum daß man ihn unter den Pflug genommen, der gleiche Boden, den man so lange für Steppe gehalten. An der Spitze unter ihnen, der eigenste und selbstgewachsenste darunter, stand, fast über Nacht mit einem Schlage anerkannt und berühmt geworden, Führer wider Wollen und aus Notwendigkeit, Florian Petersilka.

Man spottete über seinen Namen. Aber man hatte sich in der letzten Zeit an andere, kaum besser glaublich oder klingend, gewöhnen müssen. An seinem unbedingten und siegessicheren Können aber war nicht der mindeste Zweifel, und ganz besonders mich berührten und zu mir redeten seine Bilder höchst eigen zu ihrer unerhörten Ehrlichkeit.

Dies war das reiche und fruchtschwere Flachland, das ich kannte, liebte und desto schmerzlicher ersehnte, je länger ich's nicht gesehen; umgrenzt von blauen Bergen, so daß nirgends der Eindruck der Grenzenlosigkeit und der Verlassenheit wach ward; mit den Wassern, die träge rinnen, große Bogen und Krümmungen machen, als könnten sie nicht müde werden, diesen dankbaren Boden zu benetzen; mit den eingesprengten dichten Anwaldungen voll friedlicher Schatten; den steifen Pappeln am Saum der weißen Straßen; erfaßt und beschworen in allen seinen Stimmungen, mit seiner ganzen Seele, die sich nicht jedem offenbart, die behorcht und bespäht sein will, ehe sie erwidert und lohnt.

Niemals war eine Staffage darauf. Aber die Sonne, ihr Spiel und all ihr Wirken, war mit einer erstaunlichen Kraft und Freudigkeit wiedergegeben. Es war eine Verlassenheit, eine linde Traurigkeit über ihnen und dennoch eine Verheißung von Segen.

Vielleicht nur ein einsames Haus; farbig getüncht; rund ums Grüne die goldenen Maiskolben, gleich Festons niederhangend, im hellsten Lichte aufglühend, es in sich saugend und rückstrahlend wie Garben Bernsteins, in dem sich die Sonne bricht.

Dies war die Art Florian Petersilkas, der mich nun, da wir beide Männer geworden waren und manches Land und manches Geschick erfahren hatten, zu sich rief. Etwa nur, weil ich einmal über ihn und sein Wesen voll aufrichtiger Freudigkeit geschrieben hatte? Dies schien mir nicht wahrscheinlich bei einem, der so eigenwillig in selbstgewählter Einsamkeit lebte. Aber ich machte mich, nachdem ich mich angesagt, sowie ich nur konnte, auf den Weg.

Auf dem Bahnhof Klosterneuburg erwartete mich Petersilka.

Wir drückten einander die Hand, ohne einer das rechte Wort für den anderen zu wissen. Es ist immer eine eigentümliche Befangenheit beim Wiedersehen nach so langer Trennung, und sie lähmt.

Wie vordem immer, so übernahm er die Führung. Wir stiegen hügelige Wege hinan. Es war ein sonniger Tag zu Ende Oktober; an dem man wandern möchte, ohne Ziel und sonder Ermüdung.

Es ist dann manchesmal, als trüge einen dieselbe Luft, die zu Lenzeingang so gerne niederdrückt und abmattet; als wehe der Wind förderlich, und als sei er erfüllt vom stählenden und erfrischenden Odem des nahen Winters.

Vor uns lief Petersilkas schneeweißer Spitz; vernehmlich keuchend und dennoch voll eines löblichen Eifers, als sei er verpflichtet, uns in der Richte zu halten. Nach einigen Schritten blieb er immer stehen, oder hatte er genügenden Vorsprung, so tat er sich nieder; die rote Zunge hing vor, seine Flanken bebten, und die guten, traurigen Augen sahen voll Vertrauen nach uns.

Es war etwas Verzaubertes über allem. Denn die Stille war unsäglich groß. Auf allen Wegen und Richtsteigen, auf denen sich sonst an Sonntagen im Sommer tausende lustwandelnd bewegen, war keine Seele.

Verspätete Quitten glänzten unterm Laube; die scharfkantige Frucht, so gleich einem Apfel und dennoch unverkennbar etwas anderes, das satte Leuchten ihrer Farben hatte etwas Fremdes, Märchenhaftes: die Mahnung zum Genuß. Trauben, die man bis zum ersten Frost auf dem Stock belassen, schwollen sehnsüchtig der Sonne entgegen. Marienfäden schwammen mit dem Wind, überspannten rotes Laub, umfingen Tautropfen. Das glitzerte, wie das köstlichste Geschmeide.

Wir sprachen kaum ein Wort. Nur manchmal flogen Blicke und forschten, ob denn jeder auch so recht genieße. Sie spannen den Bund zwischen uns von neuem. Petersilka hatte sich in all den Jahren wenig verändert. Er war sonnenbraun vom vielen Weilen im Freien. Sparsam etwa ein graues Haar in seiner schwarzen, immer noch nach rückwärts gestrichenen Mähne. Versonnene, aber sehr klare und zutrauliche Augen. Er trug keinen Bart; und seine Bewegungen waren wie dereinst: hastig, schlenkernd, unbeholfen und dennoch nicht ohne Kraft.

Wir machten vor einem einsamen Winzerhäuschen Halt. Der Spitz stand jappend davor und blaffte heiser; der einzige Laut, den ich während des ganzen Spazierganges von dem ernsthaften und würdigen Tier vernahm. Petersilka suchte in allen Taschen nach dem Schlüssel und lächelte dazu sein kauziges Lächeln. Endlich stieß er die Tür auf und ließ die Hand mit einer großen, wortlosen Herzlichkeit auf meine Schulter fallen. Eine unsägliche Fülle des Lichtes quoll uns entgegen. Denn der Raum hatte drei Fenster mit einer großen und mannigfaltigen Ferne. Im Grunde zog die Donau vorüber, und kiesige Bänke standen gleich gelben Eilanden, schwach bebuscht, in ihrer Flut. Die Einrichtung des Raumes war höchst einfach. Ein Bett, ein Tisch, einige Stühle. Alles aus gelbgestrichenem, weichem Holz, das noch nach Tanne duftete. Eine Staffelei, mit einer blanken, kaum erst grundierten Leinwand. Eine Kristallflasche mit edlem Wein; zwei schöne und helle Gläser.

Wir setzten uns. Petersilka schenkte ein, und wir stießen schweigsam und herzhaft an. Der Spitz tat einen erstaunlich flinken Satz nach dem Fensterbrett, streckte sich behäglich aus, ließ sich die Sonne recht breit auf den weißen Pelz scheinen und sah wie verständig bald in die Landschaft, bald nach uns herüber, immer den schlanken Kopf zwischen den Vorderpfoten; die rosige Haut leuchtete. Petersilka aber rieb sich die Hände:»Also, Freundchen, da bist du, und da bin ich«, und es war ein sehr großes Wohlwollen in seinem Gesicht, und nun erst fiel mir auf, daß er den Ehering an seiner schlanken, doch knochigen Rechten trage. Er war also wohl verheiratet. Sonst war nichts von Schmuck an ihm. Nicht einmal eine Kette hatt' er, und wie er flüchtig nach seiner Uhr sah, so meint' ich, sie noch vom Gymnasium her zu kennen.

Es war, als hege jeder Tropfen, den wir schlürften, eine Erinnerung, zu fein und zu unkörperlich, um sie in Worte zu fassen. Ein herzliches Vertrauen, wie wir es einmal unausgesprochen in uns zueinander getragen, quoll uns daraus entgegen, und die Zeit, die wir getrennt gewesen, versank im Nichts.

Andere Wege waren wir vordem gegangen. Andere, doch gemeinsam. Jene Gabe, die damals jeder im Gefährten gewittert und

gefördert, mit eigenen Augen in die Natur und in die Welt zu sehen, wir hatten uns bemüht, sie nach Art und Anlagen zu entwi-
ckeln, und sie war bei ihm zur vollsten Künstlerschaft geworden. Er
hob sein Glas und ließ die Sonne darein leuchten und sah dem
edeln Farbenspiel zu: »Ja, der Wein! Einen solchen Wein hat's in der
Hanna nicht? Gelt, Freundchen!« Und wie man einem Abwesenden
Bescheid zutrinkt, so tat er einen raschen Schluck, wenn er bis nun
nur andächtig sparsam verkostet hatte wie ein Kenner und wie ein
Genießender.

Die Hanna! Da war das Zauberwort gefallen, das die Siegel der
Vergangenheit sprengte, mir Zutritt geben mußte in geheime Kam-
mern voll gehäufter Erinnerungen! Es war keine Neugierde in mir,
nur eine stille Erwartung und eine starke Spannung. Denn die Ent-
wicklung, die Petersilka genommen hatte, die fiel zu sehr aus dem
Geleis. Wo lagen seine Anfänge, daß man nichts von ihnen wußte?
Und mein Kamerad mußte manches erlebt haben. Da war ein
schmerzliches Zucken durch das ganze Gesicht, wenn er in sich
war. Und was ihm das Geschick an grauen Haaren erspart, das hatt'
es ihm an Runzeln und Fältchen zugelegt, durch die eine unablässi-
ge Bewegung lief. Und der Blick war beim Sprechen sehr ernst und
wissend. Und er sprach, wie der Wein, dem wir gern und tapfer
zusprachen, immer mehr seine Wirkung übte, rasch und wie nach
einer klagenden Weise.

Er erhob sich rasch und ungeschlacht, und der Spitz richtete sich
zur Höhe, die Augen voller Erwartung. Er kraute ihm das Fell und
lächelte, während der Ausdruck seines Gesichtes sonst sehr ernsthaft und nachsinnend blieb. »Ja, Freundchen und Bruderherz, das
ist nun lang. Sehr lang ist's; so lang!« Er reckte die Hand und spreiz-
te die Finger von sich. »Und wir meinten damals noch, ein Glas
Wein ist eine Sünde, und wir wissen heute, was für ein gutes Ding
es ist und was es überhaupt mit der Sünde auf sich hat, und wir
waren damals freche Buben, und wir gelten dennoch heute für
würdige Männer, und man grüßt uns. Und der Mathia, weißt du
noch, der Mathia!« Und er lachte herzlich und schmetternd, und es
war, als lache die ganze Stube mit und er würde jung davon.

»Der Mathia ist tot.«

»So?« er zuckte die Achseln, »muß alt genug gewesen sein dafür. Und der Ephraim Kohn, weißt du, der immer ›Nü?‹ gefragt hat? Und den wir darum den Nü Ephelkistikohn geheißen haben? Beweglich genug war er dazu. Ist alles Griechische, was mir geblieben ist; und es reicht, ganz gut reichen tut es mir.«

»Betreibt einen gesunden Getreidehandel und Malzexport. Filiale in der Schweiz«, meldete ich gewissenhaft.

»Oder der Herr Direktor, weißt du noch? So ein guter Mensch, gar nicht zum glauben, wie gut! Und wenn er mich wieder einmal in Mathematik erwischt hat – und wann oder worin hat man mich nicht erwischen können? – dann ist er in seiner Stube auf und abgegangen und hat gemeint: ›Ein schlechter Kerl ist er, dieser Petersilka. Schlecht in die Haut. Immer lernt er nichts und ärgert mich, wo er nur kann. Mich, seinen alten Lehrer und Katecheten. In der Hölle wird er brennen. In Ewigkeit, Amen. Aber, das ist Strafe genug; warum soll er mir da noch durchfallen und ein Jahr länger auf dem Halse liegen?‹ Und in lauter Bekümmernis über meine Boshaftigkeit hat er sein Nichtgenügend ausradiert und ein Genügend oder, wenn er von dem guten Bisenzer Wein, welchen er gar so gerne gehabt hat, ein Gläschen zu viel in sich hatte und also noch mehr Wohlwollen als sonst, gar ein Befriedigend hingeschrieben.« Und Petersilka lachte.

»Zu nichts wird er's bringen. Ein Bettelmann wird er sein, sein Leben lang, haben sie gesagt. Und heut, welche von ihnen leben, die sind stolz genug auf mich. Und der schönste Bauernhof in der ganzen Hanna gehört mein, und mein Bruder mit den Seinigen bewirtschaftet ihn, und wenn sie daran vorüber zu Markte fahren, dann deuten sie mit den Peitschen darauf hin und stecken die Köpfe zusammen, und machen Gesichter, noch blöder vor lauter Wichtigkeit und Verwunderung wie sonst. Weißt du, weil sie nicht verstehen, wie man ein solches Stück für etwas Geld bekommen soll, was sie täglich vor Augen haben und woran sie nämlich selbst niemals etwas gefunden haben. Und das soll man bezahlen, mit über ein Joch Ochsen, und das geht in alle Welt! Das begreift er nicht, der Bauer! Und was er nicht begreifen tut, das hält er für dumm und überflüssig. Die Käufer sind blöd. Und ich bin ein Schwindler, ganz nichtsnutzig, der sein Geschäft versteht, den aber der Gendarm doch endlich einmal dahin führen wird, wohin er gehört.« Er war in eine schöne Freudigkeit geraten, in eine große Lebendigkeit. Das war ganz prachtvoll.

»Du wirtschaftest mit deinem Bruder, Petersilka?«

Er nickte. »Wieder. Schon fünf Jahre wieder. Und seine Kinder sollen einmal nach mir erben. Er hat genug, daß sie viel gebrauchen können. Und es wird nicht wenig sein, bis ich endlich daran komme.«

»Und du hast keine Kinder, Petersilka?«

»Nein.«

»Und können keine noch kommen? Denn du bist noch jung!«

»Möcht' wissen woher? Mein Weib ist doch tot.«

»Tot? Aber wirst du denn nicht mehr heiraten, Freund?«

Ein sehr entschlossenes Kopfschütteln. »Dem sie so gestorben ist, der darf's nicht mehr, oder er verdient es nicht anders, als daß man ausspuckte vor ihm. Das sollen sie doch nicht vorm Petersilka.« Eine schlimme und traurige Pause. Eine große Brummfliege summte schwerfällig durch das Zimmer und stieß an allen Fenstern mit erheblichem und unwilligem Lärmen an.

»Und du schreibst, Bruderherz?«

»Ich schreibe.«

»Weißt du, gelesen hab' ich nix von dir. Nämlich kein Buch. Woher es nehmen auf dem Dorf? Nur natürlich den Artikel über mich, den hab' ich gelesen. Ich kann deutsch reden. Ganz gut sogar. Daß mich jeder versteht, wie ich's meine, und zur Not nehm' ich höchstens ein mährisches Wort. Aber lesen kann ich's nicht mehr recht. Nur natürlich, wenn einer so gelobt wird! Das versteht er immer.« Und er versuchte zu lächeln.

»Mir haben deine Bilder einen starken Eindruck gemacht.«

Petersilka legte seine Hand auf meine Schulter: »Hat mich gefreut. Denn du kennst doch das Land, und du hast auch Augen in deinem Kopf.«

»Ich halte mich manchmal für einen verwunschenen Landschafter.«

Petersilka schmunzelte. »Verwunschener Landschafter? Das gefällt mir. Wahrhaftig und sehr.«

»Und es ist etwas ganz Eigenes und Neues in deinen Bildern. Da sind Stimmungen, wie sie noch keiner erfaßt hat.«

Petersilka nickte. Aber ohne Überhebung, mit dem Recht der Selbstverständlichkeit. »Das glaub' ich selbst, und ich weiß auch, warum oder woher?« Er machte mit der Rechten eine großzügige, malende Gebärde: »Ich seh's um mich und werde gar nie müde davon. Und es ist immer in demselben etwas Neues. Und ich seh's dann wieder in mir. Das ist so, wie wenn man sich vor eine Landschaft erst hinstellt, und alsdann fängt man sie sich im Spiegel, und sie sieht anders aus, und man vergleicht.«

»Und was du gemalt hast, das erkennt man immer wieder. Es ist innerlich mannigfaltig, und es ist sehr ehrlich.«

Er wurde eifrig: »Muß es auch sein. Weil – sonst taugt es nämlich nix.«

»Und es ist eigen, warum machst du nie Staffage? Immer nur die nackte Landschaft für sich?«

»Ist das nicht genug?« verwunderte sich Petersilka.

»Mir schon. Aber nicht für jedermann. Also, manche empfinden es als Armut, und mich wundert bei einem reichen Menschen, als den ich dich fühle, immerhin eine solche Beschränkung und dieser Verzicht.«

Er zuckte die Achseln. »Das ist nun schon so, und es wird kaum mehr anders. Weißt du, und es hat schon seinen Grund und seine Geschichte.«

Er schwieg. Der Spitz tat von seinem Fensterbrett einen Satz zu Boden und wieder einen auf seines Herrn Kniee und richtete sich an ihm empor. Petersilka streichelte ihn und drückte ihn mit sanfter Gewalt nieder auf seinen Schoß. Dann neigte er sich mit einer großen Zärtlichkeit nieder auf das Tier, so daß sein dunkler Kopf und der schneeige des Tieres in einer Linie lag, umfaßte sanft seinen Hals, und vier Augen sahen mich an, gleich an Farbe, Güte, und nur

nicht an Ausdruck. Dann schenkte er ein. »Ex! Dies gilt ihr!« Die
Gläser klangen. »Nämlich, er hat sie gefunden. Und denke dir, sie
hat Hanka in Wirklichkeit geheißen; ist das nicht wunderbar?«

Er tat den Spitz zu Boden, sehr bedacht und liebevoll, der zu win-
seln begann, sowie er den Namen hörte. Und er stopfte sich eine
kurze Pfeife und begann, unablässig qualmend, zu erzählen. Im
Auf- und Niedergehen, daß seine Stimme bald ganz nah und ein-
dringlich klang, bald fern und vermurmelnd. Nun ungelenk im
Ausdruck, suchend, stockend, dann wieder so voll ungewollter
Eindringlichkeit, daß Wort und Wendung unbesieglich im Gedächtnis haften blieben. Und das eigentümlich Singende seiner
Redeweise verwob sich zu einem starken Rhythmus, der nicht mehr
weichen will und auch jetzt nachklingt, nun ich mich wieder mit
seiner Geschichte beschäftige.

»Nämlich, wir haben einander nicht mehr gesehn, sowie wir nach
Wien gekommen sind. Und mir wär' gar nichts, nicht um eine Pfeife
Tabak daran gelegen, wenn sie mich noch ein Jahr auf dem Gymnasium gehalten hätten. Denn zu sagen hat mir keine Seele was gehabt. Und was ich hernach mit mir anfangen soll, hab' ich ganz und
gar nicht gewußt.

Du bist Philologe geworden und hast dir's später auch anders
überlegt. Ja, was geht das mich an, wie die Leute einmal gesprochen
haben, und warum sie es jetzt nicht mehr so tun? Halt, wahrscheinlich gefällt es ihnen anders.

Und warum soll ich arme Buben damit martern, die sich nicht
einmal wehren können? Und die Geschichte? Was lernt man da?
Wann und warum etwas geschehen ist, was keine Katz' kümmert,
daß es geschehen ist. Und mit einem Juristen und mit einem Medi-
ziner, da ist man doch glücklich, wenn man nichts mit ihnen zu tun
hat. Man ruft sie, wenn man sich schon gar nicht anders helfen
kann, und haben sie erst einmal glücklich die Türe hinter sich zuge-
tan, so möcht' man am liebsten Weihwasser sprengen und mit Wa-
cholder räuchern hinter ihnen. Und ein Beamter? Mir waren schon
die Professoren zu viel, die ich vor mir gehabt hab', und ich hab'
mich innerlich gewehrt gegen sie und jeden komisch oder dumm
gefunden. Wie viele hat so einer über sich, die an ihm schulmeis-

tern, nur damit er sieht, sie sind wer und er hat sich vor ihnen zu
ducken!

Warum soll ich mich aber erst plagen und noch viele Jahre lernen, nur damit ich etwas werde, was mich hernach nicht für einen Kreuzer freuen möchte, wenn ich's schon bin? Das hab' ich nicht eingesehn. Und fürs Dorf war ich durch die Frömmigkeit meiner Mutter doch schon verdorben, die mich hat zum Pfarrer haben wollen. Wie ein Bauer leben, das ging nicht mehr, in Ewigkeit. Sonst hätt' mir's gerade dort gefallen, wie sonst nirgends in der Welt und mit meinem Bruder und mit seinem Weib hab' ich mich immer ganz gut vertragen. Nur – faul haben sie mich gern geschimpft. Wann ist ein Mensch faul? Wann ihn keine Arbeit freut. Und wenn er sich nicht einmal eine weiß, die ihm Spaß machen möchte, so ist er am allerfaulsten.

Also, weil man doch wohin muß, so bin ich nach Wien. Und ich hab' mich sträflich gelangweilt. Aber geschämt hab' ich mich auch vor euch, die jeder gewußt haben, was sie wollen, und, wenn ich einen von euch gesehen hab' mit Heften und womöglich immer mit einem Pack von Büchern, und ihr habt's so eilig gehabt und so wichtig, so hab' ich einen Bogen gemacht wie der Fuchs oder erst verstanden, wozu die engen Gassen gut sind und die vielen Durchhäuser in Wien. Und dabei hab' ich noch dazu immer ein sonderbares, ein ganz ein verdammtes Gefühl von Hochmut in mir gehabt.

Nämlich, so als wäret ihr alle zusammen dumme Teufel. Die ihre Jugend verkümmern und es in sich hineinpumpen müssen, nur damit es nicht zu hohl und leer ist in ihnen. Und ich bin immer noch der Klügste unter euch. Und es wird schon der Tag kommen, wo ich's euch zeigen werde, wer ich eigentlich bin, und zwar augenblicklich, und wann ich erst wissen werde, was ich will. Wann das aber sein wird? Ja, wer weiß das, oder wie kann man das sagen? Das kommt schon, und man muß sich eben gedulden bis dahin, und in mir ist es gestanden, fest, wie wenn ich's vom Gericht hätt', ich kann warten, und nicht einen Augenblick hab' ich eine Angst gehabt, ich könnt' untergehn oder, nur damit ich etwas bin, ein armer Schreiber oder Schullehrer werden, nur weil man das Seinige aufgegessen hat und dem Bruder nicht immer im Brotladen liegen will oder darf.

Ich bin viel in die Galerien. Erstens, weil ich so massenhaft freie Zeit gehabt habe, denn ich hab' mich doch nicht einmal immatrikulieren lassen. Und wenn schlechtes Wetter ist, so kann man nicht bummeln, und man wird durchaus trübsinnig, soll man immer zu Haus sitzen, und die Luft im Café hab' ich nicht den ganzen Tag vertragen. Dann, weil ich sicher gewesen bin, man trifft doch keinen braven Studenten, wie ihr es gottlob und zur Freude der auch brav gewesenen Eltern alle geworden seid. Der geht einmal hin, mit einem zweiten, damit er sich nicht zu sehr langweilt und einen Zeugen hat, daß er da gewesen ist, wo er eigentlich nichts zu suchen hat – was?«

»Mich hättest du oft treffen können, Petersilka!« warf ich ein.

»Hab' ich halt Glück gehabt. Und du warst eben kein braver Student. Denn je öfter ich hingekommen bin, desto weniger hätt' ich einen zweiten brauchen können, nicht einmal dich, mit dem man nicht hat reden müssen, sondern man hat ihm nur gezeigt, und er hat schon selber die Augen aufgemacht, so gut du's können und begriffen hast.

Gezeichnet hab' ich immer gern gehabt. Und besser wie alle, die sich damit groß gemacht haben unter uns. Nur hergezeigt hab' ich nichts davon. Denn was hat das für einen Zweck? Aber Bildchen nachmalen, worauf sie sich das meiste eingeredet haben, und wer's am besten getroffen hat, der hat sich gehörig gewundert über sich selbst, das hat mir niemals Spaß gemacht. Ich hab's ja doch nur getan, damit ich mir besser merken kann, was mir einmal gefallen hat oder was mir kurios vorgekommen ist und wovon man doch nie weiß, ob man es noch einmal wieder und genau so sieht. Sonst – ja was hätt' ich denn sonst mit meiner Zeichnerei wollen? Und sie haben doch immer ein Wesen gemacht, wie schwer das ist und wie man's lernen muß, daß ich Esel geglaubt hab', nur weil ich's nicht gelernt hab', so kann ich nichts.

Und dabei ist das Unsinn. Denn man muß aufpassen. Denn weißt du, Freund, manchmal hat ein Ding, welches du hundertmal gesehen hast, ein ganz anderes Gesicht an sich wie sonst. Du bist immer daran vorübergegangen, und es war nix, aber schon rein gar nix daran. Und auf einmal hat es eine Stimme an sich, und damit sagt es dir: ›Da bleib stehn. Ich bin anders, und ich bin jetzt so, wie ich in wirklicher Wahrheit bin und erst wieder wer weiß wann sein kann‹. Verstehst du das, Bruderherz?«

»Ich verstehe. Alles hat ein Doppelgesicht. Und in gewissen Augenblicken, die man festhalten muß, enthüllt es sein eigentliches Wesen.«

»Meinetwegen. Du sagst es halt gebildet. Also, es ist mir vor den Bildern oft vorgekommen, als möcht' ich auch einmal so etwas können. Die Bilder haben mich müd gemacht und aufgeregt auch. Und wenn ich von ihnen und dem Nachdenken darüber genug gehabt hab', so ist da ein sehr schöner Blick auf Wien, zusammengehalten durch die schnurgeraden Alleen, und mit jedem Schritt, den du heruntertust durch den Garten, so verschwindet etwas davon, und auf einmal stehst du mitten auf der Straße und in ihrem Lärm und wirst sehr empfindlich wachgerüttelt und aufgemuntert, und es macht die Pferdebahn ihren Lärm, und es holpern die Wagen ganz abscheulich, und du siehst nicht mehr die Berge und die vielen grauen Häuser und die Türme darüber, die jeder ein eigenes Gesicht haben. Und so, nämlich aus der Entfernung, hat mir die Stadt ganz gut gefallen, in die ich mich sonst durchaus nicht hab' eingewöhnen können. Heimweh gehabt hab' ich nicht; aber wohl ist es mir auch nicht einmal um das Herz geworden in diesem sehr lauten Wien.

Zu Hause, bei mir, hab' ich dann gezeichnet oder zu malen probiert. Denn meine Stube war sehr hoch oben, und mir ist zu Anfang immer schwindelig geworden, wenn ich hinuntergesehen habe, und ich hab' mich ordentlich gewöhnen müssen daran. Aber sie hat auch ein Licht gehabt, wie man sich's besser gar nicht wünschen kann. So hab' ich's eine Zeitlang gehabt, und wenn mir einmal die Farben zusammengelaufen sind und es ergab sich eine schöne Sauce, so war das kein Unglück. Und bei den Kunsthändlern bin ich herumgestanden gern und lang und hab' mir angesehn, was sie da im Schaufenster haben und wovon sie sich also einreden, es könnte den Leuten gefallen, die ein Geld haben. Blöd bin ich nicht, Bruder, bin ich niemals gewesen, und ich hab' mir sagen müssen: da hast du zu Haus auch schon bessere Blätter, Florian! Und einmal nehm' ich einige davon und geh' zu so einem Bilderjuden. Der setzt seine Brille auf – und ganz schief, und wie der Aff' auf dem Kamel ist sie ihm auf dem Höcker oben gesessen und hat so gerutscht, und guckt und guckt und sucht sich was aus und legt mir Geld dafür hin – einen ganzen Haufen, ist mir dazumal vorgekommen. Draußen reib' ich mir die Hände und denke mir: den hast du schön hineingetunkt in die Schmiere, und tu' mir einen guten Tag an. Denn es war doch mein erstes Geld, was ich selber verdient hab' in meinem Leben, und das schmeckt, und für den einen Tag hat es dann auch gereicht. Und den nächsten Morgen nehm' ich mir ein Herz und anderes von meinen Sachen und geh' auf die Akademie. Und dort haben sie auch geguckt und gebrummt, allerhand, damit man's nicht versteht, und haben gemeint, ich kann jeden Tag in die Ausbildung eintreten.

So, da hast du's! Aber wozu? Das sagt dir keiner. Und bis du selber heraus hast, was du eigentlich könntest und wohin du gehen möchtest, so kannst du dir die Beine so schön müde gelaufen haben, daß du sie nicht mehr spürst und dich das Gehen schon nimmer freut.

Meist, sowie sie sich nur ein bißchen spüren, so machen sie sich an den Akt. Weil sie nicht wissen, wie schwer und daß das eigentlich das Höchste und das Letzte ist, was nur selten einem ganz gelingt und sich ihm ganz offenbart. Und sie sind auch dumme Hunde und wollen ihren Spaß haben.

Und eben das war mir widerwärtig und durchaus ekelhaft. Weißt du, ich hab' immer so was gehabt in mir wie Schamhaftigkeit. Und sowie der Herr Professor die Tür erst hinter sich zugemacht hat und man sich vor ihm nicht mehr zu genieren braucht, Schindluder treiben mit so einem armen Weibsbild, das sich nicht zu seinem Vergnügen, sondern ums Brot dazu hergibt und gewiß nicht immer so war, und sich aufführen wie die richtigen Affen – das ist nichts gewesen für mich. Ganz und gar nichts.

Also: ich bin in die Landschaft. Ist, sollte man meinen, ein ruhiges und ein sehr ein reinliches Geschäft.

Da hat aber einer einmal einen Baum hineingesetzt wie einen saftigen Patzen oder einen schweren Klumpen in die Natur. Und das hat einem anderen gefallen, und er hat's gekauft und mit schwerem Geld bezahlt, weil, wenn Gott das Geld nicht an Narren geben möchte, so hätten andere Pfuscher nichts zum Leben. Und also haben alle schwarze Patzen ins Grüne geschmiert und sich sehr damit gefreut und sie bewundert.

Oder sie haben mit einer vielen Emsigkeit Gemüse erzeugt und geglaubt, das mache keinen Unterschied, ob man's nach dem Metzen verkauft oder nach der Elle. Ganz besonders gern gehabt haben sie den Spinat; vielleicht weil er so gesund ist, sagen die Doktoren. Da haben sie eine Wiese gemacht, schön giftgrün; und weiße Anemonen, und immer eine große gelbe Butterblume in der Mitte. Das waren die Spiegeleier, ohne die schmeckt's nicht recht und ist und bleibt ein fades Essen. Und wer sich nur eine Gänsedistel zugetraut hat, der war ein Rebeller. Und einen Rahmen darum und einen Titel darunter – fertig! Das geht dann, wie geschmiert.

Und keine wirkliche Farbe haben sie mehr gesehen oder empfunden oder sich nur einmal gefragt: wie kommst du ihr bei, daß sie wie wirklich wirkt und wieder auch dich packt und aufregt, wie sie dich in der Natur nicht mehr losgelassen hat? Da hat jeder sein Kochbuch im Kopf gehabt, und da ist's ganz genau gestanden, was man nehmen und welche Werte man mischen muß, damit das Gemälde nach etwas gleichsieht. Gar nie waren sie so verlegen, das ist ja richtig, nicht einmal vor Effekten, wie sie manchmal die Natur abbrennt und sie einem die Red' verschlagen. Das ist ja richtig; und wenn's dann doch nicht gestimmt hat, so war's nicht ihre Schuld, sondern die Kunst hat eben ihre Mucken, und die Natur gar. Oder hast schon eine Köchin gekannt, die zugegeben hat, es ist ein Essen durch ihre Schuld verpanscht worden? Hast, Freunderl?

Und wenn sie schon einmal vor die Natur studieren gegangen sind, so war das ein schwerer Entschluß. Denn man weiß doch nicht gewiß, ob die Sachen in der Wirklichkeit so sind, wie man sie sich vorgestellt hat und wie sie im Kochbuch beschrieben stehn. Und das sind dann so gewagte Geschichten. Können auch schief ausgehn, und ein vorsichtiger Geschäftsmann läßt sich nicht gern darauf ein.

Und in ganzen Horden sind sie fort. Weil nämlich – der Maler ist ein geselliges Tier – und sie sind nur dorthin gegangen, wo schon viele andere vor ihnen gewesen waren, weil er die erprobten Wege liebt und die eingeführten Muster. Und so lang und so aufrichtig und im guten Glauben haben sie durch fremde Brillen gesehen, daß sie jeden eigenen Blick verloren haben.

Und so zufrieden waren sie mit sich und so fleißig und so flink! Und wenn einer eine kürzere Zeit für den Quadratmeter Leinwand gebraucht hat, wie ein anderer, so hat er einmal mehr verdienen können wie dieser und war also der größere Künstler. Und um einen ›berühmten‹ Baum sind sie mit ihren großmächtigen weißen Malschirmen herumgesessen, nicht anders, als hätten sich die Schwammerlinge, aber welche, die man schon durchaus nicht essen kann, ohne hinzuwerden, auf die Wanderschaft gemacht. Und gänzlich ernsthaft haben sie das getrieben, und nicht einmal den Humor darin haben sie gespürt, und jeder hat's ihm abgewinnen wollen. Kannst dir denken, wieviel auf einen gekommen ist. Pfui Teufel!« Er spie heftig vor sich hin, und ich wußte nicht, ob aus der Erinnerung an jene schöne Zeit gewissenhafter und sorglich gehüteter Kunstpflege, oder war ihm die Asche seiner Pfeife, an der er heftig herumklopfte, in die Kehle gekommen.

Er putzte sie sehr sorgfältig, stopfte sie frisch und tat einige starke Züge.

»Also, das war nichts für mich. Das hab' ich sehr bald gesehen. Was ich von ihnen hab' lernen können und was mit ihnen, das hab' ich bald weggehabt. Nämlich, was so ins Handwerk schlägt und was ja auch sein muß. Auch dafür muß man immer dankbar sein. Denn man vertranscht anders sehr viel gute und nützliche Zeit. Aber was beginnt man nun mit sich und wie kommt man weiter, dahin, wohin man möchte, wohin es einen lockt?

Ich bin in den Ferien nach Hause. Da und dort hab' ich's probiert, und dies und das hab' ich angefangen. So, wie man eben sucht, ohne den ganzen Glauben an sich. Aber – es ist auch nicht und niemals das Richtige gewesen.

Etwas hat immer und überall gefehlt. Ganz gut abgeschrieben waren die Dinger ja so weit, daß man wiedererkennen hat müssen, was ich dabei gemeint hab'. Und mein Bruder hat schon sehr gestaunt.

Du, das ist nicht so wenig, wie du meinst. Nämlich, von der Kunst versteht so ein Bauer gar nichts, und ihm mit der Technik imponieren wirst du nicht. Aber wie so ein Ding, das er immer um sich hat, aussieht, das weiß er, und er läßt dir keinen Fehler und keine Abweichung durch.

Aber das Eigentliche weißt du, das Letzte war nicht darinnen. Gespürt hab' ich's. Aber das ist mir irgendwo stecken geblieben. Und wenn ich mich erinnert hab' wie glatt die anderen nach ihren Kochbüchern heruntergemalt und wie mit vollen Backen sie ihr Werk beschmutzt haben, so bin ich mir sehr dumm und mühsam und ein langsamer und ein unzufriedener Peter vorgekommen.

Halt ein richtiger Hannak! Was will der in der Kunst, wo noch vor ihm keiner war? Und was kann ich dafür, daß ich Augen habe, welche die Dinge niemals so erblicken, wie man's in der Schule von uns verlangt hat, daß wir sie ansehen sollen? Immer anders, ganz anders! Und war das vielleicht nicht so, wie mit unserem Erdreich? Das braucht viele Arbeit, immer wieder, wenn es lohnen und tragen soll, wie es kann. Denn es ist tiefgründig und schwer und fett, und es zahlt sich schon aus, wenn man's nur daran wenden tut.

Ich hab's nicht zu Haus ausgehalten. Ins Gebirg bin ich, in den Beskidenwald. Einen Stummen hab' ich mir mitgenommen, damit er mir meine Sachen trägt, für mich kocht und meine Gänge tut. Denn mich hat's nach der Einsamkeit sehr verlangt. Das heißt, nach mir selber und dem, was in mir ist. Eine Waldhütte hab' ich mir ausgesucht, wo kein Dorf auf sehr weit in der Nähe war und nichts herum, nur Fichten und Tannen. Und dort hab' ich gehaust wie ein richtiger Kauz und hab' gemalt, zu jeder Zeit und bei jedem Licht, bis der richtige Winter gekommen ist und mich zurückgetrieben hat unter die Menschen, weil es nicht einmal mein Stummer mehr ausgehalten hat in dieser Öde.«

»Damals«, er streichelte seinen Spitz, »hab' ich mir's angewöhnt, immer so ein Vieh um mich zu haben. Und darum und aus der Zeit ist er so still – denn gegen wen hätt' er auch nur bellen sollen? – und so verständig.

Gelernt hab' ich viel. Wie sich die Wurzeln verknoten an so einer Fichte über dem Boden, nicht anders, wie die Adern auf einer welken und abgearbeiteten Bauernhand, die sich über etwas zusammenkrallt, um es gar nicht mehr auszulassen. Und wie so ein Stamm anders, immer anders wächst, je nach dem Windesfall. Und wie seine Rinde sich färbt, je nach der Stellung, die er an sich hat. Und wie unter vielen tausenden niemals einer völlig dem Nachbarn gleich sein wird. Und wie das Dunkel hereinbricht in den Wald, ganz plötzlich und traurig. Und wie das Mittagsschweigen ist, mit dem Flammen der braunroten Rinde, wenn die Nadeln knistern und rieseln und es ist wie ein Duft von Weihrauch in ihm.

Und erst die Nächte! Der Uhu, der heranschwebt mit dem rauschenden Flügel und mit glühenden Augen und ruft, daß man sich fürchten könnte, immer wieder ruft, weil ihn das Licht lockt. Und das ist, wie in der Spinnstube: ein altes Weib erzählt eine Geschichte, die ganz danach ist, daß die Mädchen wirklich eine Gänsehaut über sich kriegen könnten, und alle fürchten sich und halten sich den Mund zu, damit sie nicht quietschen in ihrer Beklommenheit, und reißen die Augen und die Ohren auf, weil sie ja nichts verlieren wollen, und wenn sie dann heimgehen, so kriecht's an ihnen herauf, und sie kichern vor lauter Angst in der Dunkelheit und sie sind mit jedem froh, der sie heimführt, wenn er sie nur recht fest an sich preßt. Und wieder ein andermal wird dir, du siehst alle guten Geister im Wald. Und sie lachen heiser hinter den Bäumen vor und sie sitzen an den Spitzen der Zweige, hängen sich daran und haschen sich wie übermütige Schulbuben, die niemanden über sich haben, und treiben dürfen, was sie freut. Und sie klettern auf die Felsen, die da grau und nackt stehen, und sie sonnen sich im Moos und machen sich breit, breit, bis sie zerfließen.

Und der Wald hat seine tausend Stimmen. Und eine jede lernst du verstehen, und es ist eine jede anders, und du hast nichts zu tun, nur darauf zu achten, was sie dir immer sagen wollen. Denn es hat immer Sinn und Bedeutung. Und niemals wiederholt sich ein Laut, wenn du nur dein Ohr genug schärfen kannst, und selbst der Sturmwind, wenn er sich hineinlegt in den Wald und die Bäume müssen mitschwingen und wollen nicht und zittern vor Zorn, selbst der hat immer einen anderen Ton und eine neue Weise.

Und dann die Regenzeit! Die Tropfen fallen dir den ganzen, ganzen Tag. Das klatscht und klatscht und kocht förmlich und schlurft über das Dach und zischt und rieselt. Und das ist, als hätten graue Gespenster einen grauen Mantel umgeschlagen und der Wind treibe sie und sie huschten durch den Wald. Und du willst es malen, und es geht gar nicht. Und du wirst ordentlich krank und sehnsüchtig nach einem Blickchen Sonne, und taub wirst du von dem traurigen Lärm und du hörst nichts, nur immer wieder dasselbe, und dein Spitz winselt und winselt und will hinaus und bleibt an der Türe stehn und er schaudert über das ganze Fell. Und durch die grauen Strähnen blinkt es, macht große Bogen und springt dir ins Gesicht und zerfließt: der erste Schnee.

Ich bin nach Hause. Und mein Bruder und meine Schwägerin, der Josef und die Josefa, haben sich sehr mit mir gefreut und mich tun lassen, was ich eben hab' wollen.

Erst hab' ich mich freilich wieder an Menschen gewöhnen müssen. Natürlich, und ich war ihnen auch fremd. Der Studierte! Und noch dazu, der auf etwas lernt, auf das man sich schon gar keinen Reim nicht weiß. Aber man hat sich innerlich gern gehabt, und dann versteht man einander bald und ehrlich wieder, und es ist eben gut.

Aber nirgends ist ein Müßiger so sehr verloren wie im Dorf, wo es außer ihm keinen sonst gibt. Der Tag hat eine Länge, als zerrte wer an ihm – nicht zum glauben. Und zu Abend geht man ins Kasino und sieht zu, wie die Beamten Karten spielen und sich bewundern, wie gut sie's können, oder auf dem Billard liegen, und trinkt seine paar Glas Bier und vertut seinen Gulden, und ist glücklich, wenn man wieder einmal schlafen gehen darf.

Unzufrieden aber bin ich mit mir nicht gewesen. Ich hab' nichts zusammengebracht, aber schon gar nichts. Aber mir ist vorgekommen, das muß so sein. Und ich warte so innerlich. Das ist nicht anders wie mit einem Feld, wenn du mitten im Winter daran vorübergehst. Eins sieht aus wie das andere. Aber weil der Boden gut ist, so mußt du glauben, man hat ihn bestellt, und kommt erst die Zeit, so wird es schon aufsprießen, und du wirst sehen, was da ganz insgeheim gewachsen und geworden ist, und wozu es taugt und gut ist. Denn einpflügen, das ist eine sehr dumme Geschichte.

Es ist ein sehr schönes Frühjahr geworden. An zurück nach Wien hab' ich keinen Augenblick gedacht. Was hab' ich denn da wollen? Aber ich war unruhig und recht sehr ohne Lust zu allem, weil doch jeder gewußt hat, was er mit sich anfangen soll, ohne Wink und ohne Wort, nur ich nicht mit meinem Studium und samt meiner Akademie. Ich bin viel um das Dorf gestrichen, das sich in sein Tal hinstreckt, als wollt' es sich verstecken, weil es da warm ist. Hat keinen Grund dazu. Es kann sich immer noch sehen lassen. Nicht ein einziges Strohdach ist mehr da, nur Schiefer oder Ziegel, und es geht den Leuten gut. Also, ich bin gebummelt. Ein paar Stimmungen waren da; nicht viele, aber doch einige – wer die packen könnte, ganz erwischen, der wär' schon was.

Und dabei war noch etwas, was mich gequält hat immer mehr und mehr, wie der Tag länger und das Licht dauerhafter und besser geworden ist. Nämlich, die Landschafterei hat mich nicht mehr gefreut. Natürlich, ich habe sie doch nicht einmal noch gekannt. Sie war mir nicht mehr genug. Und ich habe nicht geglaubt oder das Vertrauen gehabt, ich könnte in ihr das ausdrücken, was ich den Menschen sagen will. Und in der Kunst ist doch das Höchste der Mensch. Denn auf ihn zielt alles. Und nur wer ihn nackt sicher kann, der kann ihn auch in den Kleidern bilden, daß man an ihn glaubt und er dasteht, wie er soll. Aber das braucht vieles Studium und großen Fleiß. Und auf der Akademie hab' ich das nicht treiben wollen; warum nicht, hab' ich dir schon gesagt. Und nun hat mich das geärgert, und es war mir ein Versäumnis, und ich habe durchaus nicht gewußt: wie macht man das jetzt gut? Und gar hier? Und das ist und das macht doch schon verdrießlich.

Mit meinem Bruder hätt' ich nicht davon reden können. Der hätt' doch kein Wort davon verstanden. Und hätte mich für verrückt oder voll von sündhaften Gedanken gehalten. Aber – woher ein Modell nehmen da auf dem Dorf und wie die verstehen lernen, was man eigentlich will von ihr? Man kriegt Kopfweh und gänzlich kranke Gedanken dabei.

Sie sind ja nicht so sittlich. Wenn es einer mit einer hat, so ist da weiter nichts, und hat er's mit mehreren, dann hat er eben Glück, und sie sollen klüger sein und aufpassen; und kriegt ein Mädel ein Kind, so regt man sich weiter auch nicht auf. Ist sie sonst nur brav, so heiratet sie der, oder es nimmt sie schon ein anderer, oder sie geht in die Stadt und hat also ihr Fortkommen. Aber sittsam sind sie durch die Bank. Sehr sittsam. Und dies alles ist erhört und alt; aber was ich hätte begehren müssen, das war unerhört und neu, und man hätte sich also bekreuzigt und entsetzt davor. Und in der Stadt war gar nichts für mich zu finden. Denn, was es da gab – du lieber Gott!

Ohnedies, man hat mir nicht ganz getraut. Ich war schon zu lang fortgewesen. Und mein Bruder war auch nicht zufrieden mit mir. Nur sagen hat er mir nichts können und hat sich's nicht getraut. Denn ich hab' doch von keinem gelebt.

Wie zerfahren aber ich bin und wie ich was möcht', ohne zu wissen was, dies hat ein jeder merken müssen. Und zwischen Josefi und Ostern war es ganz besonders schlimm mit mir. Denn da sollen die Äcker bestellt sein, und in mir ist eine große Brache gewesen. Und man sieht doch ordentlich, wie alles im Leben drängt und es gar nicht mehr erwarten kann, und in mir will sich gar nichts regen.

Ich hab' allerhand Zeichnungen gemacht. So tolles Zeug, wie ich's aus den Beskiden mitgebracht hab', und Einfälle. Die hab' ich ausgefertigt und da und dorthin geschickt, und man hat sie mir genommen und gut gezahlt. Das war mir recht; wegen meines Bruders, damit der sieht, daß meine Kunst nicht so brotlos ist, wie er vielleicht meint. Aber zufrieden war ich nicht damit. Das sind Fratzen, und es ist nicht meine Sache, und ein anderer kann das schon besser.

Sie haben auch oftmals Kriegsrat über mich gehalten, ich kann es nicht anders heißen, der Josef und die Josefa. Er war nämlich ein sehr kluger Mensch, ohne daß er etwas gelesen hat, nur seinen Kalender. Den hat er auswendig gelernt, glaub' ich, jedes Jahr. Was er angepackt hat, das hat einen festen Griff und einen guten Schick gehabt, und es hat nichts auf der Welt gegeben, was er nicht verstanden und er für sich auch gedacht hat. Nu, das hat man ja im Dorf auch gewußt. Nur ordentlich geschämt hat er sich seiner großen Klugheit und war also schweigsam, und sein Weib ist es mit ihm auch geworden. Es sind zwei prächtige Menschen; tun niemandem nix, aber wollen auch von keinem was; sind ganz ohne Bücher und ohne Getu'.

Da sitzt er einmal auf der Ofenbank und hat seine Rast. Es ist ziemlich kalt den Tag, und er hat seine Pfeife geraucht und nachgedacht; halt über Steuern und warum der Weizen so billig ist. Und ganz unerwartet sagt er mir, der ich am Fenster sitze und Arabesken ausdenke: ›Du, Florian, wenn ich nicht verheiratet wär'!‹

Ich überziehe gerade eine Platte mit Wachs, weil mir das Radieren Spaß zu machen angefangen hat. Und ich stelle mir vor, eine Meerkatzenmusik mit den Schwänzen, wenn sie immer ineinander greifen, müßt' eine gute Wirkung tun und sehr drollig sein, wenn ein alter, richtiger Meerkater machte den Takt. Und so brumme ich denn für mich: ›Dann wärst du eben ledig, Josef.‹

Er lacht in sich. ›Hast recht. Aber das weiß ich ohne dich. Und ich weiß noch mehr. Ich wüßt' mir nachher eine.‹

›Ist ein Glück, daß die Josefa nicht in der Näh' ist‹, sagt ich ihm. ›Und nur eine? Ich wüßt' mir schon gar viele.‹

Er wird nicht ungeduldig: ›Zur Frau, mein' ich, tät' ich mir eine wissen.‹

›Was hast denn von der Wissenschaft? Du hast doch dein Weib, und du hast's gern, wie sie es verdient. Oder ist sie vielleicht nicht brav, die Josefa?‹

›Sehr brav ist sie. Ganz wie eine soll. Zu der Arbeit und zu den Kindern. Und sie kann auch schweigen.‹

›Also, willst ein Türke werden?‹

Er schielt mich an: ›Hätt' was für sich, meinst du! Na, in der Stadt, und gar ihr auf der Akademie, ihr lebt doch so wie die türkischen Heiden.‹

›Oder glaubst du, die Josefa möcht' dir's erlauben. Frag' sie – oder frag' sie lieber nicht. Denn sie könnt' mehr reden, als dir recht wär'.‹

Er schüttelt sich vor innerlichem Lachen; ich sehe das wohl, obwohl nicht er und nicht ich eine Miene verziehen: ›Will ich auch gar nicht. Aber wenn ich jünger wär' und nicht beweibt, ich wüßt' mir eine‹, und er schlägt sich nachdrücklich auf die rote Hose und klopft seine Pfeife in die Linke aus. Denn sein Weib hat sehr auf Reinlichkeit gehalten.

›Und – wer ist denn das Wunder?‹

›Ich denk' – die Hanka Jerab möcht' ich nehmen.‹ Und er steht auf und reckt sich: ›Der Wind frischt sich. Wir kriegen gut Wetter.‹

Ich hab' meinen Bruder nicht oft so ausführlich und so in Sätzen reden hören. Und so bleibt mir das. Und dann, ich hab' in meinem Leben nicht an die Hanka Jerab gedacht und konnte sie mir nicht einmal vorstellen. Aber das ist nun einmal so: hörst du, einer hat etwas gekauft, so wunderst und ärgerst du dich, daß du es nicht warst, und wenn du keinen Gedanken hast, wozu du das brauchen tätest. Und einer begehrt etwas, so möchtest du es augenblicklich selber haben. Das ist bei den Kindern so, und das wird bei den Großen nicht anders, und es bleibt das ganze Leben und es ist damit nicht fertig zu werden.

Also, ich sehe nach der Hanka, die eine Bauerntochter ist neben uns. Die Leute sind sich ganz gut gestanden – halbes Leben ohne alle Schulden – und sie war das einzige Kind. Vielleicht hat das mein Bruder so gemeint; wenn sie nämlich einander geheiratet hätten, so wären die beiden Höfe zusammengekommen und das wär' dann freilich ein Besitz geworden, den man herzeigen kann, freilich nicht das, was er jetzt so unter sich hat. Ich hab' mir's nicht anders denken können; denn sonst war an dem Mädel wahrhaftig nicht mehr, als an jeder, die da bei uns herumlauft.

Sie war sehr schüchtern, oder hat so getan. Auch war sie noch sehr jung. So an die siebzehn herum war sie. Die Augen hat sie immer so gehalten, als suchten sie was auf dem Boden, vielleicht den gestrigen Tag. Nicht einmal bestimmen hätte man können, von welcher Farbe sie gewesen sind, vor den sehr langen, schwarzen Wimpern. Sie war groß und hat sich sehr gut gehalten. Und bei der Arbeit, zum Beispiel, wenn sie einen Schiebkarren mit grünem Futter, das doch sein Gewicht hat, vor sich hergestoßen hat, da hat man gesehen, wie kräftig sie ist und daß sie ganz ohne Fehler gewachsen sein muß und daß ihr die Arbeit Spaß macht. Und vielleicht hat sich mein Bruder das vorgestellt. Denn eine Bäuerin hat nun einmal kein leichtes Leben und viel auf sich.

Aber für mich hat das doch keinen Sinn gehabt. Und ich hab' mir's nicht nehmen lassen: der Bruder hat gewußt, warum er sie mir in die Gedanken gesetzt hat. Denn er hat noch lieber etwas umsonst getan, wie umsonst gesprochen. Und so hab' ich an die Hanka mehr gedacht, als ich für möglich gehalten hätte.

Endlich, was ist so ein Mädel anders, als die anderen? Das redet man sich nur so selber ein. Und dennoch hab' ich einen gewissen Respekt vor ihr gehabt, weil sie mein Bruder mit Achtung angesehen hat. Und so eine Neugierde war doch auch dabei.

Manchmal, wenn ich im Freien gesessen bin und skizziert hab', und sie ist über den Hof, immer gleich, immer eilig und niemals hastend und mit einem Schritt, der sie so aus sich selbst gehoben hat, so kräftig und so voller Schwung war er, hab' ich ihr über den Zaun herüber einen Spaß zugerufen. Ich weiß nicht, vielleicht hat sie ihn gern gehört. Denn sie haben mich für hochmütig gehalten, weil ich mit niemandem gesprochen hab'. Ja, worüber denn auch? Denn ich war in der Zeit, wo einem nichts wichtig ist, nur was sich auf die eigene Kunst bezieht; davon war ich ganz voll und eben über das hab' ich mit meinen Leuten doch nicht gut reden können, und mit dem Herrn Pfarrer auch nicht, und der Schullehrer war überhaupt ein Ochse.

Einmal also sitz' ich da, und sie ist im Krautgarten gewesen, jäten. Da muß man sich bücken und wieder aufrichten: und die ganze Geschmeidigkeit des Körpers kommt zur Geltung, und man konnte so recht sehen, wie voller Ebenmaß sie sein muß. Ich fang' sie zu zeichnen an. Es war ein recht heller Tag, und die Sonne hat auf ihren Haaren geschienen, die sie zu einer Krone geflochten hat und die blond gewesen sind. Das macht einen feinen Effekt, wenn da ein Gold zum andern getan wird, und ich merk's mir.

Es geht recht gut. Wie ich aber fertig bin, so mißfällt mir das Blatt durchaus. Ich nehm's und zerreiß' es. Das klingt schrill, und sie erschrickt davon, sieht aber trotzdem nicht auf.

Das hat mich verdrossen. Warum tut sie so scheu und heilig, denk' ich mir? Sie ist doch gewiß nicht so, sondern anders. Und man wird sie ja doch nicht in die Kirche stellen, weil sie so tut. Und warum versteckt sie sich eigentlich vor mir? ›Hanka!‹ ruf' ich.

Sie richtet sich zu ihrer schönen Höhe auf und hält, wegen der Blendung oder in Komödie, die Hand vors Gesicht. Dann kommt sie ohne jede Eile zum Zaun: ›Was will der Herr Florian?‹

›Tu die Hand weg!‹ befehl' ich.

Sie tut's. Das Gesicht ist gewöhnlich. Stumpfe Nase; der Mund recht breit; wenig Ausdruck.

›Und deine Augen darf man nicht sehn?‹ Und ich bin herrisch und weiß nicht, mit welchem Recht. Nur wer sich für einen Städter hält, der glaubt immer, den Bauern befehlen zu dürfen.

›Ja, warum denn?‹ und sie lächelt sehr schüchtern. Aber man sieht dabei, sie hat ganz wunderschöne Zähne.

›Hast du sie grau, wie eine falsche Katz'? Oder sind sie gar zu klein? Oder warum darf man sie sonst nicht sehn?‹

Wieder das Lächeln. Und nun schlägt sie die Augen langsam auf, und ich erstaune. Groß sind sie und blau und sehr schön und voll von einem warmen Licht, ganz von innen heraus. Und das ganze Gesicht ist anders; und es steht eine Seele darin, die nur noch nichts von sich selber weiß. Und nun hör' ich auch erst, wie hübsch und wie sanft sie spricht: ›Wie sie mir der liebe Gott gegeben hat, so sind sie halt. Und ansehn darf man sie – warum denn nicht, Herr Florian?‹ Und es ist gar keine Befangenheit an ihr.

Sie hat sich nur so, denk' ich mir. Damit ich mich wunder', daß sie so ganz ohne Eitelkeit sein soll. Denn sie verblüffen einen und verstehen das von Kindesbeinen und sind überhaupt viel listiger und verstellter, wie wir. ›Tu nicht so, Hanka, du weißt ganz gut, sie sind schön.‹

Sie senkt sie wieder, und das ist nicht anders, wie wenn die Sonne weg ist hinter einer Wolke und die Ebene, die eben noch gelacht hat vor dir und verheißend war in ihrer Farbigkeit, ist grau und traurig und ohne Glanz. Und das verdrießt mich gar sehr und ich werde heftig: ›Steh mir nicht so da! Ich mag dich nicht sehen, wie die Witwe, die ihren Mann unter der Erde sucht.‹

Kein Wort, woher ich denn das Recht nehme, so mit ihr herumzuschaffen. Sie ist stumpf und dumpf, denk' ich mir, und dumm überdies, und der Teufel weiß, wo sie ihre Augen her hat. Soll sie sie meinethalben gestohlen haben. Und ich bin ärgerlich über mich und über sie und über meinen Bruder, und es freut mich den Tag gar nichts, und sie geht wieder an ihre Sache und jätet weiter, und wie es ihr schwül wird, so tut sie die Jacke von sich, und ich in meinem Zorn denk' an eine Kuh, die grast und sich auch hebt und bückt und weiter an nichts denkt und auch schöne und sanfte Augen an sich hat. Aber da steckt doch etwas anderes darinnen, muß ich mir in aller meiner Galligkeit denken.

Das ist so weiter gegangen. Und manchmal hab' ich das Mädel den ganzen Tag nicht gesehen, wenn auf dem Felde draußen zu tun gewesen ist. Natürlich, dann hat sie mir gefehlt. Denn ein neues Gesicht ist immer eine Auffrischung, und man gewöhnt sich sehr bald daran. Am Sonntag, ehe sie in die Kirche gegangen ist, kommt sie mir auch zum Zaun. Da hat sie sich offenbar in ihrem Staat zeigen wollen, und der hat so etwas Steifes an sich mit den kurzen, rauschenden Röcken über den roten Strümpfen. Scheußlich, kann ich dir sagen, gerade bei ihr. Denn sie hat das Schmiegsame von einer Weidengerte. Also, denk' dir das aus. Aber ich find' mir auch nichts, was sie anziehen sollte.

Sie ist nicht dumm, und sie ist wieder nicht klug. Sie lebt wie eine jede und hat dennoch ein Gefühl, als wäre sie etwas anderes und besseres. Und eine traurige und ernste Stimme hat sie, voll Gutmütigkeit, die man sich nicht zornig denken kann, und ist ganz allein. Und sie sieht sehr gut und richtig und denkt nach, und sie singt gerne. Und dazu hat sie diese Augen, von denen ich dir doch schon gesprochen habe, und ein Lächeln, ganz von innen heraus, ganz merkwürdig. Es wird einem warm dabei, und man möcht' es immer wieder sehen, wie es so schüchtern kommt und um die Lippen spielt und in den Augenwinkeln kleine Fältchen macht, ganz kleine, die gar nicht nach Alter aussehen. Junge Mütter haben sie, wenn sie ihr Erstes recht herzlich vor sich haben. Und ich weiß nicht einmal, ob sie hellauf sein kann und lustig. Und sie ist sehr leicht zum Weinen zu bringen; und wenn ich sie rufe, so kommt sie und sieht sich sehr ernsthaft an, was ich gezeichnet hab', und sie geht, wenn sie glaubt, ich hab' genug von ihr, und es ist etwas ganz Wehrloses an ihr.

Ist sie immer so oder nur bei mir? Man denkt doch über solche Fragen nach. Denn sie ist gesund, und sie kennt keine Launen. Und daß Mädchen in diesen Jahren oftmals nachdenklich werden auch ganz ohne allen Grund, dieses weiß ich. Und sie hört zu, wenn man ihr etwas erzählt, und sie tut, als möchte oder als wollte sie's durchaus verstehen. Und einmal verplaudern wir uns so – denn ich hab' natürlich viel gewußt, was für sie ganz und gar neu gewesen ist – und sie vergißt ans Nachtessen, und die Mutter ruft: Hanka! und noch einmal und schon geärgert: Hanka!, weil sie sehr jähzornig war, und das Mädel geht recht zögernd und das Blut steigt ihr ins Gesicht. Ja, warum wird sie nur rot? Denn wir hatten nichts getan und nicht ein Wort gesprochen, das nicht jeder hätte hören können. Waren ihr nur Gedanken aus sich selbst gekommen? Sie hat sich sehr beherrscht. Und wieder ein andermal, wie ich ihr zum erstenmal die Hand geb', so wird sie mir wieder so rot und läßt sie mir lang, und wie sie dann geht, so hält sie die Hand immer wieder und wie wundernd vor die Augen und versteckt sie in der Schürze, wie sie ihre Mutter trifft.

Das sind so Eigenheiten. Ein jeder hat sie an sich, und man soll nicht an sie rühren, weil man sonst an ihn selber rührt. Und sie kommen bei ihr ganz unversehens und ganz wie notwendig; und man kann sich sehr bald nichts wegdenken von ihr und empfindet sie als eine Abgeschlossene. Das gibt eine sonderbare Beruhigung, mit der man sich freut und von der man immer mehr seinen Anteil haben und genießen möchte. Man gewöhnt sie sich an.

Oder, es ist sehr mild und frühzeitig sommerlich geworden. Und es war ein Abend, wo die Jugend ausschwärmt durch das Dunkel. Und der Mond steigt auf, und mich treibt es um, der ich einsam war und mir keine zweite gewußt hab'. Und da ist ein Wässerlein, und ich hör' der Hanka ihre traurige Stimme. Ganz allein sitzt sie da, verborgen von den alten, sehr verknorrten Weiden, die da zusammen stehn, und sie singt vor sich hin, und zwar nichts, nur Kinderlieder, und ihr Gesicht ist im Schatten, und nur die Augen leuchten vor. Und ich nehme ihre Hand, und sie rückt zu und sie läßt sie mir. Der Mond steigt höher und höher; und es sind Reflexe im dunkeln Wasser, manchmal wie silberne Schüsselchen oder als hätte man lauter weiße, glitzernde und unruhige Schuppen darüber hingestreut, und es atmet manchmal durch die Nacht, wie ein recht müder und ruhender Mensch aufschnauft, und der Himmel steht sehr hoch und schwarz über uns. Es war uns gar nicht zum Reden; sie singt nur weiter, und ich horche, und uns fröstelt beide mit dem Frost, wovor sich eines beim anderen schützen möchte, und wir fühlen uns sehr einsam, wie wir heimgehen, und überall um uns sind sie zu Paaren...

Dann haben wir uns einmal in einem Buchweizenfeld getroffen. Das hat eben geblüht, und ich hab's probieren wollen, ob das nicht herauszukriegen ist. Das ist gar nicht leicht. Denn seine Farbe ist sehr zart und dennoch bestimmt, und die Stengel haben etwas Starres an sich. Man denkt an Teppichmuster davor. Der Tag war so heiß, und es ging zu Mittag, und kein Mensch war auf den Feldern; aber die Bienen haben geschwärmt in Unzahl und mit dem hastigen und tieferen Summen, wie sie es an sich haben, wenn es bald gewittern will. Und ich sehe sie an, und sie wird rot. Und ich ziehe sie an mich, weil ich muß, ich küsse sie auf den Mund, und sie hält still und tut die Augen zu und atmet sehr tief und sonderbar ruhig, wie eines, das so einschlafen möchte. Dann zuckt sie schmerzhaft zusammen. Und erst wie wir gehen, und von überallher war ein Mittagsläuten und verweht sich mit dem vielen Gesumm um uns, erst da merk' ich: ihre Hand schwillt an. Eine Biene hat sie darein gestochen, und sie hat keinen Mucker getan, trotz des Schmerzes. So eigen war sie aber in allem, meine Hanka, in allem, kann ich dir sagen.

Dann hat sie sich mir gegeben. Ohne daß wir einmal davon gesprochen haben, wir hätten uns lieb oder wie das einmal mit uns werden will. Es war eben ihre Zeit gekommen, und der Mann war da, zu dem sie gehört hat. Und wir waren miteinander sehr glücklich und haben Monate gehabt, wie man sie nicht oft erlebt, wenn einem auf der Welt auch alles Glück beschieden und vergönnt ist. Denn wir waren sehr jung, und wir haben einander sehr gern und immer lieber gehabt.

Und sie war vollkommen ohne Wunsch. Nicht einmal gewußt hat sie, was sie sich verlangen soll, wenn ich einmal angefangen hab', ich möcht' ihr was schenken. Mit mir aber ist es täglich anders geworden. Denn der Künstler ist in mir aufgewacht mit seiner ganzen, großen und nicht zu bändigenden Sehnsucht. Ich habe eine Geliebte gehabt, wie man sie sich nur wünschen kann. Voll Hingebung und Güte und Bescheidenheit, immer zärtlich nach ihrer Art. Aber mir ist das nicht genug gewesen und immer minder erschienen. Denn ich habe immer sicherer geglaubt, sie ist das, was ich brauche, wenn ich in meiner Kunst der werden soll, der ich sein könnte.

Und nun war sie in aller ihrer Liebe und Hingebung von einer Schamhaftigkeit und Keuschheit, die sich nicht besagen läßt. Durchaus Weib und dennoch ein Mädchen voll ängstlichen Schämens.

Wie ich ihr zuerst erklärt hab', was ich von ihr wollen möchte, da ist sie ganz rot geworden, hat mir den Mund zugehalten, so ganz allein wie wir waren, und mit dem Kopf hat sie geschüttelt, ohne allen Zorn, aber so, daß ich gesehen habe, das kränkt sie im innersten Herzen.

Überhaupt, was lieben wir am Weib am meisten? Was reizt uns? Seine Schamhaftigkeit. Und eben das zerstören wir sonst durch unsere Liebe. Hier ist es geblieben. Und dennoch hab' ich's immer wieder probiert, und immer ohne Erfolg. Und weil ich gemeint hab', sie müßte mich doch endlich verstehen lernen und daß es nicht Neugierde ist, sondern etwas Höheres, daß es um mich selber geht und um meine ganze Kunst, so hat das mich geärgert, und ich hab' von Eigensinn gesprochen und von Bauerndummheit, die nichts versteht, was weiter reicht, als die eigene Nase; bei ihr also schon gar nicht weit.

Sie hat mich schelten lassen, ohne ein Wort der Entgegnung. Überhaupt, sie war nicht zornig zu machen. Und das hat mich auch geärgert, und ich hab's für Stumpfheit genommen. Nur etwas Ängstliches hat sie dabei in den Augen gehabt, so wie es nämlich Kinder haben, wenn sie etwas schlecht machen und verfehlen, und sie wissen nicht wieso und fürchten sich, sie werden es das nächste Mal wieder versehen.

Aber los können hab' ich nicht mehr von ihr. Ich hab' es nicht einmal gewünscht oder daran gedacht. Und man hat so manchmal ein Gefühl, als wär' ein Mensch ein Schicksal für einen, und das ist dann immer richtig und wir sollen nur nicht klüger sein wollen als das, was da aus uns spricht, und es nehmen, wie es ist und mit einer geheimen Stimme flüstert in uns, oder wir zerreißen die Fäden, mit denen uns vielleicht unser gutes Glück umspannen, einfangen und an eben dieser gewissen Stelle festhalten wollte. Sagen, wie das ist, läßt sich das durchaus nicht. Das muß man spüren und bescheiden hinnehmen.

Je weniger die Hanka sonst aber zu wünschen übriggelassen hat, desto mehr hat mich dieses eine Verlangen gemartert und gepeinigt. Ich habe sie damit drangsaliert, und jede gute Stunde, die man hätte genießen können, hab' ich uns zerstört. Ohne jeden Nutzen. Ich habe geschmollt und bin ihr ausgewichen. Sie war sehr traurig und hilflos. Ich habe sie gerufen, und sie ist wieder gekommen – gottlob und leider Gottes ganz die alte. Und ich hab' mir gedacht, sie wird mich begreifen, sie muß es und aus freien Stücken überdies, sonst ist es nichts; und vor diesem Gedanken, der nicht wirklich werden will, bin ich immer stutziger und zerfahrener geworden.

Dann hab' ich mir gedacht: gewöhnt man einander, ist man erst immer zusammen, so wird das ganz natürlich und ohne vieles Reden anders. Und weil ich sie doch von ganzem Herzen lieb gehabt hab', und weil man sich sonst wahrhaftig kein besser Weib wünschen oder ersinnen konnte, und weil ich gespürt hab', alles in mir ist nicht für die Stadt, vielmehr fürs Dorf und nur da kann ich was Rechtes und aus mir heraus werden, und weil man da eine braucht, die hierher gehört und über alles Bescheid weiß, und keine Städterin, die sich immer verbannt fühlen möchte und als das Opferlamm, und weil man alt genug dafür war und keine Sorgen zu fürchten hatte, so hab' ich sie halt gefragt, ob sie mich heiraten möchte. Sie hat mit dem Kopf geschüttelt: ›Florian, tu's lieber nicht! Es wär' ein Unglück!‹

›Und warum denn, Hanka?‹

›Kann ich nicht sagen, Florian. Aber mir kommt es so vor.‹

›Ach was‹, und ich zucke die Achseln, ›das ist nur so geredet. Oder hast du mich nicht lieb?‹

Sie gibt keine Antwort. Nur angesehen hat sie mich sehr tief mit ihren schönen Augen, und ihr sind darin die Tränen gestanden. Und sie nickt und hascht meine Hand und küßt sie: ›Du darfst nicht glauben, ich hab' nicht oft und oft selber daran gedacht. Und ich dank' dir sehr, daß du mir gesprochen hast davon. Gar sehr freut es mich, daß du damit gekommen bist. Aber immer, wenn ich mir's vorgestellt hab', so hat es mir einen Stich gegeben in mir. Das darf nicht sein. So bin ich gut für dich. Und so kann dich keine lieber haben, wie ich. Aber anders wär's nicht gut. Ich bin zu dumm und zu eigensinnig für dich.‹

›Zu eigensinnig? Du, Hanka?‹ Und ich muß lachen.

Sie nickt sehr ernsthaft mit dem Kopf und fingert: ›Nämlich, du kennst mich nur noch nicht recht, Florian.‹

›So, kenn ich dich nicht?‹ Und ich will sie an mich ziehn.

Sie wehrt sich und zählt her: ›Sehr eigensinnig bin ich, Florian. Frag' nur die Mutter. Und mir will nichts leicht in den Kopf – frag' den Herrn Lehrer, was ich mich gemartert hab' in der Schule. Und ich bin verstockt – dies weiß der Herr Katechet; denn ich begreife nicht einmal, daß ich mich versündigt hab'. Und was einmal in meinem Kopf drinnen ist, das will gar nie mehr heraus, und es nützt kein Reden.‹…

›Und sonst bist du nichts?‹ Und ich küsse sie herzlich und übermütig.

›Sonst weiß ich nix.‹

Mein Bruder, wie ich's ihm erzählt hab', war sehr glücklich. Denn er hat das immer gewünscht, weil er gesehen hat, ich komme kaum mehr fort von zu Haus, und weil er mich und sie sehr gerne gehabt hat. Und eigentlich hat er sich's niemals anders vorgestellt. Und ihre Eltern haben natürlich auch nichts dagegen gehabt, und zum Herbst haben wir eine große Hochzeit gemacht, und gleich darauf ist die Hanka, wie sich's gehört, mit ihrer Mutter wallfahrten und bitten gegangen. Während sie fort waren, hab' ich allerhand angeordnet an unserer Einrichtung. Sie war, wie sonst bei Bauersleuten; nur für viel Licht hab' ich gesorgt, und was mir nicht gefallen hat, weil es den Raum vermufft oder nicht hübsch ist, das ist eben weggeblieben und anderes dazugekommen. Sehr wohl, sehr heimelig und freundlich hat's ausgesehen bei uns. Ein jeder, der gekommen ist, hat den Unterschied gemerkt, und keiner konnte sagen, worin er eigentlich war.

Und wie sie zurückgekommen ist, so hat sie freilich gestaunt. Aber sehr gefallen hat es ihr auch, und sie hat sich zu Haus gefühlt und zurecht gefunden, sowie sie ihren Rosenkranz beim Weihbrunnkesselchen an der Türe aufgehangen hat, und fängt mit einer ordentlichen Lust zu wirtschaften an. Und das hat sie verstanden, wie eine, ganz ohne Wesen und ohne Lärm. Niemals konnte sie müßig sein, und immer war sie ohne Eilfertigkeit. Und überaus sauber auf sich und auf alles war sie, und ich habe kaum verstanden, wie man in einem Hausstand gar so wenig Geld verbrauchen kann.

Ganz besonders war dieses merkwürdig an ihr, wie nämlich die Tiere an ihr gegangen sind. Da war mein Spitz, den ich doch schon lange genug gehabt hab', noch dazu, wo wir zwei allein zusammen in den Beskiden gewesen waren, daß er, klug wie er ist, sich hätte merken können, zu wem daß er eigentlich gehört. Der ist ihr nicht von der Seite; überallhin ist er ihr nachgelaufen und hat gebettelt, damit sie ihm schöntut.

Es hat ja auch Verdruß gegeben. Wo denn nicht, wenn man miteinander leben muß? Aber er hat sich niemals gehalten. Immer hat sie eingelenkt, so geschickt, daß man nicht schmollen konnte; und sie hat sich wohl gedacht: er ist kurios, gut! Aber er ist halt von einem anderen Geschäft, das ich nicht so ganz versteh', und er hat Raupen im Kopf, die man nicht stören soll. Denn es werden vielleicht über eine Zeit schöne Schmetterlinge daraus.

Hat sie Zeit gehabt, so hat sie mir gern zugesehen, wenn ich gezeichnet hab' oder radiert. Denn ich hab' immer neues probiert, weil nur der eine Kunst kann, der mindestens Bescheid weiß in allem, was zu ihr gehört. Und weil ich zufriedener war, wie nicht seit langem, weil mir das neue Wesen um mich Spaß gemacht hat und ich froh war, endlich einen Menschen um mich zu haben, der zu mir gehört und sich um alles kümmern muß, was mich angeht, so ist mir manches besser geraten, und mir war recht wohl.

Einmal frag' ich sie: ›Möchtest mir denn nicht helfen, Hanka?‹

›Möcht' ich! Sehr gern,‹ ganz hastig. ›Aber ich kann's doch nicht.‹

›Könntest du schon.‹ Und ich seh sie eigen an. Sie wird rot und betrübt und läuft aus dem Zimmer, und ich hab' ihr wieder eine Zeit Ruhe gegeben, weil ich erkannt habe, sie will durchaus nichts davon wissen.

Ich bin gern auf die Jagd gegangen. Es ist mir nicht ums Schießen gewesen, trotz meiner sehr sicheren Hand. Aber mir hat das Herumsteigen in den lettigen Feldern Spaß gemacht; und die Nebelstimmungen, die alles so verzerren und anschwellen lassen, hab' ich gern gehabt. Und nach Reden hat es uns beide nicht viel verlangt. Sie hat doch ihre Eltern und Verwandten gehabt und ich ganz in mir meine Gedanken und meine Pläne, und ich hätt' niemals geglaubt, ich könnt' noch einmal so allein werden, wie ich bin und bleiben muß.« Er brach ab. Und es war eine große Müdigkeit an ihm, und es zuckte in seinem Gesicht.

Ich fuhr auf: »Du erregst dich zu sehr, Petersilka.«

Er nickte: »Gar sehr tu' ich's. Aber das macht nichts mehr. Jetzt geht's zum Ende. Und man will's hinter sich haben, hat man einmal angefangen davon.« Und ganz tonlos fuhr er fort:

»Also – sie hatte ein Auge, so richtig, wie keines. Verstanden hat sie ja nichts von den Sachen. Woher und wie denn? Die Heiligenbildchen, die der Herr Katechet schenkt, sind keine richtige Vorschule. Das muß man ja doch auch lernen von allem Anbeginn. Aber ob eine Linie gezogen war, wie sie sein soll und wie sie in der Natur ist, da hat man auf sie schwören können. Ich hab' mich manchmal geärgert, und immer wieder hab' ich hernach gesehen: sie hat recht, und mich hat mein Gedächtnis eben für einen Narren gehabt.

Es ist auch geschehen, wenn mir etwas nicht zusammengegangen ist und ich hab' mich recht unwirsch aufgeführt in meinem Zorn, weil man doch zwingen möchte, auch was schwer ist, daß sie das Richtige getroffen hat, wie es zu machen wäre, mit einem einzigen Wort, nur weil sie unbefangen war. Oder daß sie sich schon gar keinen Rat gewußt hat und sie hat geseufzt: ›Florian, du mußt mir ja Kopfweh kriegen vom Denken! Florian, wenn ich dir helfen könnt'.‹

Es fährt wieder aus mir heraus: ›Du willst doch nicht, Hanka!‹

Sie wird sehr traurig und zuckt zusammen, weil sie es erkennt, wie fest der Gedanke steckt in mir und daß ich immer wieder darauf komme. Sie entgegnet kein Wort, geht zu ihrer Arbeit und kommt Tage nicht zu meiner.

Dieses hätte sie nicht tun sollen. Denn das war nur geredet, und mit Liebe hätte sie's vielleicht dem bösen Gedanken abgewonnen, der immer stärker in mir zu wühlen und zu graben angefangen hat.

Ohnedies, das weißt du ja, der Winter ist eine schlimme Zeit für einen Künstler. Denn er braucht viel Licht und kann nicht arbeiten ohne das. Weiß er schon, was er will, so macht ihm das nichts. Denn was man eigentlich getroffen hat, das wird einem wieder geraten, und Pausen müssen immer und überall sein.

Wenn man aber das Gefühl hat, man ist noch nicht darauf gekommen, was man eigentlich könnte, so ist das sehr bös und traurig. Denn von überall her erwartet man sich die Offenbarung und wird unwillig und voll Zorn gegen sich und alles, wenn sie nicht kommt. Und sie läßt sich einmal mit keinen Mitteln zwingen, und ich hab' mir oft gedacht, späterhin, wie alles vorüber war: das ist wie damals, wo Moses in seinem Groll und in seinem Zweifel gegen die Felsen geschlagen hat, es kommen die Haderwasser, von denen wir in der Theologie gelernt haben, und wer von ihnen trinkt, der muß des Todes sterben.

An jeden Einfall klammert man sich, ob er einem nicht weiterhelfen könnte. Und wovon ich mir viel versprochen habe, wie eine Offenbarung, dies habe ich dir schon gesagt. Und so bin ich immer wieder darauf gekommen, nachdem man einmal davon angefangen hat. Gänzlich unvernünftig ist mir mein Weib vorgekommen. Ich hab' über sie gespottet und hab' sie gequält, und sie hat sich alles gefallen lassen und sich nicht mit einem Wort zu wehren gewußt. Aber nachgegeben hat sie mir auch nicht, und ich hab' verstanden, was sie damals mit ihrem Eigensinn gemeint hat. Nur sehr oft war sie in Tränen. Die haben mich aber nur geärgert, denn das war zu nichts, rein zu nichts und verleidet einem nur das Leben, das mich so schon gar nicht sehr gefreut hat.

Und überdies ist mir eine neue Angst gekommen und hat mich sehr gequält und aufgeregt.

Nämlich, solang wir als ledige Leute einander lieb gehabt haben, so hab' ich mich niemals geängstigt, es könnte was werden. Sie hat es auch nicht getan, oder hat es mindestens nicht gezeigt. Vielleicht aus Frömmigkeit, weil doch nichts geschieht, was nicht sein soll, und soll etwas geschehen, so nützt wieder kein Sorgen.

Jetzt aber hätte man damit rechnen müssen. Ja, man hat sich's im Grunde sehr gewünscht. Denn für die Dauer allein bleiben wollte man nicht. Wenn uns aber Gott nun ein Kind beschert? Es war mindestens möglich, daß... Ja, wie soll man das nur sagen? Aber weißt du, es ist schon manche Frauenschönheit darüber verloren gegangen. Immer wird sie doch wenigstens für eine Zeit gestört, und manchmal geht sie doch auch für immer weg. Und diese war mir unersetzlich, und daß sie verschwinden soll, ohne daß mir ein Abbild bleibt von ihr, dieses hat sehr an mir gefressen, und es war wie ein übles Wollen und eine böse Absicht, die ich mir um sie doch gewiß nicht verdient hab', von meiner Frau.

Und dazu darf man von dem allen nicht einmal reden. Denn im Grunde fühlt man doch, wie roh das ist und wie schlecht, und kann nichts dagegen tun.

Es ist erst nur ein Wunsch gewesen. Und dann ist es in mir zum Begehren aufgewachsen, auf das man sich mehr und mehr verbeißt und vertrotzt und das gestillt werden muß, oder man geht zugrunde daran. Daß es vielleicht auch ein anderer Mensch ist, um den es geht, dieses fällt mir nicht ein. Denn man denkt an niemanden, nur an sich selbst und an das, was man für sich notwendig glaubt, wenn man erst an so etwas erkrankt ist. Und es ist wie ein Zwang über allen Gedanken, daß man sie von diesem einen nicht wenden kann und daß keine Ablenkung nützt. Und wie eine schwere Lähmung liegt es über allem Tun.

Und so bin ich denn immer launenhafter geworden. Und ich hab' sie schief angesehen und habe spitzige Worte für sie gehabt für ihre Teilnahme. Zum Beispiel, wenn sie mich gefragt hat, warum mich die Arbeit nicht mehr freut und ob ich nicht lieber für eine Zeit verreisen möchte. Denn wir hatten Bestellungen genug, und sie trugen schön.

Alles Mögliche hat sie getan, damit ich in gute Laune komme. Sehr lieb und herzlich war sie zu mir, und weil man spürt, man verdient das eigentlich doch nicht, so beruhigt man sich, indem man die Schuld auf das andere schiebt und sich denkt: aha, das schlechte Gewissen! Deshalb ist sie so zu dir.

Überhaupt, will ein Mensch dem Nebenmenschen eine Freude machen, so ist das immer einfach und man strengt sich nicht sehr an. Da will man die Absicht erraten haben und die Gesinnung. Will er ihn aber quälen, dann hat man Einfälle, ganz erstaunliche Einfälle, und man gibt sich Mühe, und man wird ordentlich sinnreich und voll von Erfindungen. Das ist merkwürdig, und man darf darüber nachdenken, wie eigentlich die Natur des Menschen geht.

Das war wie ein Kampf zwischen uns. Und mich hat es gefreut, daß sie darunter leidet und sich den Kopf zerbricht, warum denn das zwischen uns so geworden ist und in so kurzer Zeit. Viel gebetet hat sie, und aus sich heraus ist sie traurig geworden.

Und dann kommt ein Tag, und ich denk' ihn wie heute, und ich werde ihn nie vergessen.«

Er sann nach, und seine Augen waren offen und schimmernd.

»Die Tage sind länger geworden. Denn es war nach Mariä Lichtmeß. Ein strenger Frost; viel Schnee ist gelegen, und es war ein sehr kurzes, aber ein sehr kräftiges und günstiges Licht.

Ich bin sehr verdrossen am Fenster gesessen und stiere hinaus auf das flache Land und auf das große Glitzern, das in der Welt ist. Denn von jedem Schneehaufen und von jedem überschneiten Dach ist es ausgegangen, weil der Schnee trocken war und nicht geballt, mit einer großen und hellen Klarheit. Und die Häuser sind niedriger erschienen wie sonst, und die Ebene war sehr weit und übersonnt und die Berge näher und blendend, und alles war grell, daß es dem Auge wehe tut.

Ich hab' meine Pfeife geraucht. Und einmal hab' ich ein Zeichenblatt gespannt und mich dabei geärgert, weil mich eben alles verdrossen hat. Dann hab' ich mir eine große grundierte Leinwand angesehen, die da mit allem Zubehör hergerichtet war. Wozu denn aber? Ja, ich hätt' schon gewußt, was mir da darauf soll. Aber dafür bestand gar keine Aussicht.

Und ich hör', wie die Tür hinter mir geht, und ich rühre mich nicht in meiner Beschäftigkeit. Denn sie soll und darf nicht merken, daß mir etwas daran liegt, ob sie kommt oder nicht. Und am Eingang bleibt sie stehen, und sie atmet schwerer wie sonst. Und den Spitz jagt sie hinaus, ganz unwirsch, und der winselt mir dann vor der Türe. Und dann erschrecke ich ganz plötzlich; denn ich höre, sie dreht den Schlüssel in der Türe um. Das quietscht. Einmal; zweimal.

Und dann probiert sie – vorsichtig und doch mit einem starken Rucker... Sie hält...

Und ich tu' ihr einen Schritt entgegen – denn das kann nur eines bedeuten. ›Hanka?‹ Und es ist eine große Freude in mir, so groß, daß ich nicht merke, wie sehr traurig und ganz verstört sie ist.

Sie nickt: ›Ja. Wie soll ich mich setzen, Florian?‹

Ich will sie an mich ziehn, sie küssen. Sie bleibt stumm und steif. Und ohne ein Wort zu reden, ganz geschäftsmäßig, zieht sie sich aus, Stück für Stück, und nimmt den Platz an, welchen ich bestimme.

Den Kopf von sich selber weggewendet, die Augen geschlossen, damit sie nichts sehen muß, sitzt sie. Und manchmal kommen ihr Tränen, und sie läßt sie rinnen, und ich merke nicht darauf oder mache nur einen dummen Spaß, wie man ihn eben macht, damit man was geredet hat.

Und es ist ein Fieber zur Arbeit in mir. Und ich ganz Aug' und nur Aug' und denk' an nichts, nur: da sitzt ein Modell vor dir von einer unerhörten Vollkommenheit, ganz so tadellos in Bau und Linien, wie man sich's nur wünschen und wie es einen Künstler berühmt machen kann.

Und daß dieses Modell ein Weib ist, mein eigenes Weib, welches ich sonst von Herzen lieb habe und welches darunter leidet, dies vergesse ich ganz. Ist dies Grausamkeit? Und ich merke, wie ich wachse; und jede Linie glückt und sitzt, und das Ganze hebt sich immer schöner und immer lebendiger, und ich kann, was ich will, worauf ich gehofft mit allem Zweifel habe, und ein doppelter Triumph ist in mir.

Gar keine Müdigkeit kommt über mich. Denn solang wir einander kennen und haben, es ist doch wieder ganz eine Fremde, die da vor mir sitzt. Immer wieder will sie zusammenschauern und sich ducken in sich selber. Das ist ein Reiz mehr. Und ich merke endlich doch, daß ihr der Kopf auf die Schulter sinkt und sie kann sich nicht mehr zwingen, bei all ihrem Willen.

›Es ist genug, Hanka.‹

Sie steht auf und sieht sich ganz hilflos um. Und ich wende mich, weil ich sie nun, wo der Rausch vorbei ist, zu verstehen anfange und sie mir innerlich leidtut. Und wie sie sich anzieht, Stück für Stück, und mir immer vertrauter wird, so bin ich sehr zärtlich zu ihr und mache tausend Dummheiten. Sie geht nicht darauf ein; sie leidet's eben nur: ›Es war Sünde, Florian!‹

Ich muß lachen: ›Aber, Hanka! Warum hat dich dann Gott so erschaffen?‹

Sie schüttelt den Kopf: ›Ich weiß, es war Sünde. Denn was einer in sich so spürt, das soll er nicht tun.‹

›So geh beichten, Hanka! Und der Herr Pfarrer wird dir schon Bescheid geben.‹

Sie erschrickt ordentlich: ›Noch einer soll es wissen?‹ und sie tut auf. Der Hund springt an ihr empor, ganz närrisch vor Freude. Sie streichelt ihn; aber nur so aus der Gewohnheit und ganz verloren.

Das wird sich schon geben, denk' ich mir. Ich bin wirklich fröhlich und sehe nicht ein, warum ich das denn verstecken soll, und verletze sie wieder damit. Und zu Mittag, wie wir zu Tisch sitzen und ich sehe sie an mit lustigen Augen, so wird sie ganz rot und tastet an sich herum voll Ängstlichkeit.

Ich bin in die Stadt gefahren. Denn ich war übermütig, wie nicht mehr, seit ich von der Schule war. Ins Kaffeehaus bin ich gegangen – das am Marktplatz, im ersten Stock, wohin wir uns nicht getraut haben, wegen der Professoren – und hab' Billard gespielt und ein Loch in das grüne Tuch gerissen und hab' zum Schaden auch noch gelacht, daß der Kellner geglaubt hat, ich bin betrunken oder närrisch. Und beim Spielen hab' ich zugesehen, und würdigen Tarokgelehrten, die jeden Stich wissen und bereden, wie es sie nur in einer kleinen Stadt gibt, hab' ich gute Ratschläge gegeben, daß sie gern grob geworden wären und sich's nur nicht trauten, und mit jedem, den ich sonst nicht einmal angesehen, hab' ich mich reden gestellt, ganz vertraulich und hab' mich dennoch in mir über ihn lustig gemacht, wie ein richtiger Hansnarr und Lappenwurstel, der meint, entweder die Welt ist zu seinem Spaß oder er ist zum Spaß für die Welt da. Und zum Goldschmied Feiwel Grünspan bin ich gegangen. Da hab' ich einmal eine goldene Kette gesehen, Venediger und alte Arbeit, sehr zart und schmiegsam die Glieder, und wunderschöne, blutrote Korallen dazwischen und am Schluß ein prächtiges Horn gegen den bösen Blick. Der Esel hat nicht gewußt, was er da hat, und dennoch war sie mir einmal zu teuer gewesen. Heut' hab ich sie für mein Weib gekauft und mir gedacht, wie schön sie sich auf ihr ausnehmen wird. Ganz heiß ist mir dabei geworden, und ich hab' ihm das Geld nur so hingeschmissen.

Und im Heimfahren ist mir der Wind entgegengesaust, und ich hab' lachen müssen und an mein angefangenes Bild denken und an meine Kollegen von der Schule, die jeder seither schon seine paar Quadratmeilen gute und unschuldige Leinewand, aus der man nützliche Kornsäcke hätte nähen können, mit sündhaften und unnützen Farben verschmiert hatten, und was sie für ein blödes Gesicht dazu schneiden werden. Gucken und gucken um einen Fehler, und es ist nicht der mindeste! Das gibt erst den rechten Spaß und den wahren Erfolg. Und so ein Gefühl von Kraft ist in mir. Nur zweimal hat es der Mensch so in seinem ganzen Leben: wenn sich ihm das erste Weib und das erste Kunstwerk ganz ergibt, ganz und aus freien Stücken.

Ich geb' ihr mein Geschenk. Und sie dankt. Aber, es war ein Unterschied gegen sonst. Denn sonst, wenn man ihr unerwartet eine Freude gemacht hat, so war sie immer wieder wirklich überrascht, so daß es ihr die Rede verschlagen hat. Ganz innerlich hat sie sich vergnügt, und das Wort hat ihr gefehlt. Nur meine Hand hat sie immer und immer wieder gestreichelt, und in den Augen war das gewisse Sonnenlicht, das ich so sehr geliebt habe und vor dem Stube und Herz warm geworden sind und das nun für immer erloschen sein muß.

Das war diesmal nicht. Sie hat die Kette angesehen und hat gestaunt über die Schönheit der Arbeit und ihre Kostbarkeit und hat sie so gewiß ängstlich in der Hand gewogen. Aber sie ist nicht warm geworden und hat sie weggeräumt zu ihren anderen Schmucksachen. Nämlich, getragen hat sie fast nie etwas öfter wie einmal, das man ihr geschenkt hat, nämlich den nächsten Sonntag. Aufgehoben hat sie sich's, wie so ein heimliches Hamsterchen, aber betrachtet hat sie's immer wieder und damit sehr vergnügt gespielt. Diesmal nicht.

Mich hat das ein wenig geärgert, wie Undank oder wenigstens wie Unerkenntlichkeit für guten Willen. Denn daß ich sie bezahlen will, dies kann sie unmöglich geglaubt haben. Aber, meine Stimmung laß' ich mir nicht verderben, und am End' – warum soll sie nicht auch ihre Launen haben, wenn ich sie habe?

Den nächsten Tag kommt sie wieder. Und so Tag für Tag, nur nicht am Sonntag. Und sie klagt nicht mehr über Müdigkeit, sondern hält aus, wie lang man nur will. Nur essen tut sie nichts in der Zeit und ist furchtbar schreckhaft bei jedem Mannsbild, das ihr begegnet und das sie anspricht. Und alles muß man ihr nur einmal sagen, und sie vergißt es nie mehr. Und ich Esel freu' mich noch über ihren Eifer und denk' mir: sie sieht auch ein, daß ich nichts Müßiges oder Sinnloses von ihr begehrt hab'; sie gewöhnt sich schon, und das übrige wird sich geben, und über eine Zeit weiß sie gar nichts mehr davon.

Das Bild aber ist mir gerückt, wie ich's nicht für möglich gehalten hätt'. Immer schöner und meisterlicher. Du mußt nicht glauben, ich hab' den Größenwahn, und ich tu' mich da groß mit etwas, was keiner sehen soll. Aber, man hat doch manches gesehen und verglichen, vorher und nachher, und hat über sich selber ein Urteil. Und da war alles: Farbe und Leben und eine solche Sicherheit, die gar nicht sucht, sondern niemals irrt und immer das Richtige trifft. Und wie ein Gottesdienst waren mir diese Stunden, wie ich ihn einmal gekannt hab', noch ein Bube, noch ehe mich meine Mutter hat geistlich lernen lassen wollen, wo man ganz erfüllt ist von seiner Andacht und seinen Gott ganz in sich spürt und ihn atmet und nichts denken kann, nur ihn.

Gedanken und Sorgen gemacht hat mir eigentlich nur der Kopf. Nämlich, er war mir so, wie er war, zu gewöhnlich für den Körper. Einen anderen aber nehmen? Ja, woher? Und ich hab' mit der Zeit begriffen, sie ist vollkommen, ganz so, wie sie ist und organisch und nicht anders zu denken, und wer etwas zutut oder ändert, der lügt und fälscht nur und verdirbt. Und immer lieber ist sie mir geworden in diesem letzten Opfer, das sie mir bringt, und ich hab' wohl gesehen, wie sie leidet, und hab' mir geschworen, sie soll niemals mehr eine schlimme Stunde haben durch mich, und habe mich nach Kräften getummelt, als jagte mich wer, nur damit wir es bald hinter uns haben.

Und so wird man fertig. Und einmal, wie sie so ganz verloren da sitzt, so schleich' ich mich hinter sie und geh' ihr einen Kuß auf den Nacken. Sie verfärbt sich und fährt auf. ›Erschrick mir nur nicht wieder, Hanka, mein Seelchen! Ich brauch' dich nicht mehr.‹

›Wieso?‹ – ganz atemlos und in Spannung.

›Wir sind fertig. Und ich brauch' dich wirklich nicht mehr.‹

Das war ein böses Wort. Eins von der Art, auf der ein Teufel sitzt. Man spricht es aus und denkt sich gar nicht dabei, wie es der andere nehmen und fassen wird. In ihr hat's Wurzeln geschlagen. ›Ja, du brauchst mich nicht mehr‹, sagt sie ernst und traurig und richtet sich zusammen.

Ich merke wohl, sie ist aus dem Gleichgewicht. Aber das findet eine gesunde Person schon wieder. Und weil ich selber guter Dinge bin und meiner Sorge ledig wie meiner Plage, so nehme ich mir alle Mühe mit ihr; und wenn sie's schon nicht wird gewöhnen können, so wird sie doch stolz sein auf meinen Erfolg, den ich doch ohne sie durchaus nicht hätte gewinnen können. Und ich merke dabei auch, es ist etwas Fremdes zwischen mir und meinem Weib. Sie muß sich zwingen, auch nur herzlich zu erscheinen. Und derweil trocknet das Bild. Und ich schreibe dem Rahmenmacher nach Wien Maße und lege genaue Angaben und eine Zeichnung bei, und meld' es bei der Kommission und bin meiner und meines großen Erfolges so sicher, daß ich nichts von dem sehe, was neben mir sich vorbereitet.

Also, die Kiste wird gebracht; ich mache meinen Spaß: ›Hanka, komm und hilf mir. Wir packen dich ein.‹

Sie sieht mich an, ganz ohne Fassung und ohne Glauben an das, was ich sage: ›Ja, wozu denn, Florian?‹

›Ja, ich will's doch ausstellen, Hanka!‹

Sie streicht sich mit der Hand über die Stirn, als hafte da was, das sie wegbringen muß: ›Mich willst du ausstellen, Florian?‹

Das gibt nun eine wunderliche Konfusion, denk' ich mir. Sie kann sich nicht unterscheiden von dem, was ich von ihr gemalt hab'. Also nehm' ich sie bei der Hand und sag' sehr voller Güte, wie man einem Kinde zuspricht: ›Dich nicht, Hanka! Nur dieses Bild!‹

›Ja, und was heißt das, ausstellen?‹

›Ja, das geht nun nach Wien. Und dort wird man's rahmen, wie es sich gehört, damit es seine richtige Wirkung tut, und es gut, im richtigen Licht, aufhängen hoff' ich. Und viele Leute werden kommen, auch welche darunter, die was verstehen, und werden sich damit freuen und sagen: das ist ein großer Künstler, der das gemalt hat, und ich bin berühmt, und du bist es auch als mein Weib.‹

›Und so‹, sie deutet mit dem Finger nach dem Bild, ›so sollen mich die Leute sehen?‹ Und sie wird glührot und blaß: ›Tu mir das nicht an, Florian.‹

›Ja, warum denn nicht, Hanka? Sei nicht kindisch!‹

›Weil – ich hab' mich nun schon so lang gefreut, ich könnt' einmal mit dir nach Wien. Nur auf ein paar Tage, Florian!‹

›Das wollen wir doch, Hanka. Und man wird dir Ehren erweisen genug.‹

›Mir Ehren? Einer, die man so gemalt hat, Ehren? Und müßt' ich nicht vergehen vor Scham vor jedem, von dem ich mir denk', er hat mich so gesehen?‹

›Aber, Hanka, ich bitt' dich! Wer wird sich so quälen?‹

›Ich bin dumm. Weiß ich. Zu dumm für dich.‹ Und ich merk', es kommt ihr ein neuer Gedanke. ›Und was wird hernach mit mir?‹

›Hernach? Kann sein, es gefällt einem das Bild so, daß er es kauft, und er gibt uns ein Stück Geld dafür, so groß, daß man den schönsten Bauernhof darum kriegt.‹

›Und du möchtest mich hergeben, Florian?‹

›Ja, warum denn nicht?‹

›Einem fremden Mannsbild? Damit er's in sein Zimmer hängt, in welches es ihm paßt und mich ansieht, wenn und wie es ihm beliebt?‹

›Das kann dir vollkommen gleichgültig sein‹, lach' ich.

›Es ist mir's aber nicht. Als müßt' ich das immer spüren, so ist's mir.‹

›Hanka!‹

›Es steht aber auch etwas im Katechismus‹, meint sie sehr ernsthaft. ›Und sogar von den Gedanken, mit denen man einen ansieht.‹

›Im Katechismus? So laß es drinnen und hilf mir.‹

›Florian!‹ bettelt sie. ›Florian, schick' mir das Bild nicht weg!‹

›Ach was!‹ Und ich denk' mir, im Guten wird das nichts, ich muß wohl Ernst machen! ›Das ist dummes Zeug. Und ich mag darum nicht meine ganze Zukunft aufs Spiel setzen.‹

›Es ist uns auch so gut gegangen, Florian! Und sehr gern haben wir einander gehabt.‹

›Werden wir wieder, Hanka! Bis du ruhiger geworden bist.‹

Sie zweifelt: ›Könntest du? Könntest du wirklich?‹

Es ist etwas Grausames in jedem Menschen und ganz und gar in jedem Künstler. Und das rührt sich in mir und verstockt mich, obwohl ich sehe, wie sie leidet. Und ich nehme das Bild, wie es ist, im Blindrahmen und heb' es sehr vorsichtig und tu' es ohne Anwort in die Kiste.

Sie spricht nichts mehr. Sie hilft mit. Sie schlägt selber die Nägel ein. Gott allein weiß und soll mir's verzeihen, mit welchen Gedanken. Sie malt in ihrer großen, steifen Druckschrift die Adresse. Das hat sie immer gern getan, sich wohl allerhand dabei gedacht und geglaubt, sie macht sich nützlich. Am Morgen wird der Frachter kommen, und das Bild wird fort.

Mit nichts hat sie sich verraten. Wir sind schlafen gegangen, wie sonst. Sie hat nicht geweint in der Nacht und nur nicht geschlafen. Denn einmal bin ich wach geworden vor einem innerlichen Glücksgefühl, so als stünd' ich vor dem Eingang zu etwas sehr Hellem, und da liegt sie mit offenen Augen, und ich streich' ihr darüber, damit sie die zutut, weißt du, und ich fühle an meiner Hand den warmen Hauch von ihrem Mund.

Sehr früh steht sie auf und huscht durch das Zimmer. Das spürt man so im halben Schlaf, aber man denkt sich nichts dabei, denn man ist das gewöhnt alle Tage. Barfuß, damit sie mich nicht stört, ist sie durch die Stube und den weiten, weiten Weg zum Fluß. Hat sie das die Nacht nicht schlafen lassen? Oder ist es nur plötzlich über sie gekommen? Wer weiß es?

Zu Mittag haben sie sie gefunden. Unter den drei Weiden. Der Spitz ist dabei gesessen und hat geheult, unablässig. Und, sagen sie, sie ist erschrocken, wie sie im Tiefen war, und hat sich retten wollen. Aber ihr Haar, das so sehr reich war, hat sich an den Wurzeln verfangen, und also ist sie elendlich ertrunken.«

Seine Stimme brach. Der Spitz erhub ein leises Gewinsel. Petersilka aber fuhr mit aller Anstrengung fort:

»Ich habe mein totes Weib nicht mehr gesehen. Denn ich bin in Ohnmacht hingeschlagen, wie man gestürzt gekommen ist und man mir das erzählt hat, und bin lang ohne jede Besinnung und in einem großen Fieber gelegen. Und wie ich zu mir komm', so ist sie längst begraben gewesen, und es war voller Sommer.

In den Feldern liegt sie. Denn der Herr Pfarrer war nicht zu erbitten, und ich soll das so in meinen lichten Augenblicken und in meinen irren Reden immer befohlen haben, und sie haben sich danach gerichtet. Denn es ist schöner da, wie an der Kirchhofsmauer. Das Korn wogt um sie, und es blühen die bunten Blumen.

Das Bild aber ist nicht fort, weil niemand gewußt hat, was denn damit soll. Und so steht die Kiste noch immer in meiner Stube, und meine beste Arbeit ist darin. Ich hab' sie mit keinem Auge mehr gesehen, und ich weiß nicht, wann ich einmal stark genug sein werde dafür.

Und dann hab' ich mich gewöhnt und hab' langsam wieder an zu malen angefangen. Und ich hab' die Verpflichtung in mir gefühlt, einmal etwas ganz Großes und Eigenes zu leisten. Denn um mich und meine Kunst ist ein großes und ein sehr kostbares Bauopfer gebracht worden.

Nämlich, einmal und sogar noch im Christentum haben sie bei uns und überhaupt bei allen Slawen geglaubt, soll ein großer Bau gelingen, so muß in den Grundstein etwas Lebendiges mitvermauert werden.

Das ist bei mir geschehen. Verstehst du? Und wenn sie mich heute rühmen und sie machen ein Wesen mit mir, und wie ich die Hanna und ihre Seele verstehe, so ist mir das ganz gleich. Denn ich weiß: die Seele der Hanka ist in mir und schafft aus mir, und ich mag darum nichts Lebendiges mehr malen.

Und ich bin kein Landschafter, wie sie meinen. Und wenn sie finden, ich bin eintönig, so muß ich nur lachen. Denn ich mal' sie und immer nur sie, und ich kann sie gar nicht ausschöpfen.

Da sieht man zum Beispiel die drei Weiden. Und das Wasser ist sehr finster vor ihrem Schatten und ohne Regung, und unter seinem Spiegel ahnt man etwas und kann es nur nicht erkennen.

Oder, da ist ein weiter Himmel gespannt. Und Wolken schieben sich daran zu Haufen. Und eine Sonne dringt vor, und ihre Strahlen irren zwischen Himmel und Erde, und es ist wie eine ungewisse Fröhlichkeit. Nämlich, das war sie, wenn sie ihr schüchternes und schamhaftes Lächeln gehabt hat.

Oder, es ist ein heißer Tag. Und die Ähren neigen sich wie voll Sehnsucht zur Erde, weil der Segen zu schwer wird für sie, und wenn man recht scharf hinhorcht, so glaubt man, man hört die Körner rieseln, die überreif sind und zur Erde fallen. Das war sie, wieder sie, wie sie sich mir gegeben hat, ganz aus sich und weil sie nicht mehr anders gekonnt hat, als sich verschenken.

Oder, es ist Regenstimmung. Und man fühlt, wie Fruchtbarkeit und Erquickung niedertropfte, und alles ersehnt sie und lebt auf. Nur den Sturm, vor dem sich die Bäume biegen, nur ein Gewitter malen kann ich nicht. Denn erzürnt, weißt du, hab' ich sie niemals gesehen.« Er schlug in einem plötzlichen Ausbruch beide Hände vors Gesicht. Es rieselte vor, und ein Krampf schüttelte ihn.

Das währte eine Weile, in der ich ergriffen schwieg. Er aber erhob sich stracks. »Und so bin ich hergekommen«, sprach er abgewandt. »Weil ich müd bin vom Einerlei und vom ewigen Denken an eine Tote. Und ich möchte frischere Farben greifen.

Und jetzt weißt du, was ich kann und warum ich's kann. Ganz ohne Suchen; und weil es in mir lebt, wie in einem wilden Vogel sein Lied oder in unserer Ebene der rastlose Trieb, nachdem sie sich immer gleich, zu ihrer Zeit begrünt.

Und du wirst verstehen, wenn ich dir sage: ich wäre noch in den Jahren. Aber ich darf mich nicht mehr beweiben und muß einsam bleiben, denn ich weiß nicht, ob sie eine andere dulden möchte neben sich. Und mir wird das oft schwer, und ich weiß, das ist ein hartes Los und man soll mit sich allein abmachen, was einem zustößt, was einen freut und was einen bedrückt. Und ich bin gar nicht dazu. Aber das läßt sich nicht mehr anders machen.«

Es war Abend geworden. Er schien uns hell und glühend in die Stube und mahnte mich zum Aufbruch. Noch einmal klangen die Gläser. Jenseits der Donau hob sich ein Gewitter. Er wies darauf hin. »Das ist schiefergrau. Das geht. Und der Strom hat leise, hüpfende und rötliche Lichter. Kann man. Und«, er deutete nach dem verbrannten Weinlaub, »da ist viel Rot. Macht sich gut. Und die Wolkenränder glühen die gelbe Sandbank an, daß sie Leben bekommt, und der Wald steht schwarz und steif. Kann man packen. Nur das Licht in den Wolken, das da zuckt und gewittern will, geht nicht, noch nicht, und es macht doch eigentlich alles.«

Wir schieden. Er samt seinem Spitz gab mir noch das Geleit bis zum Bahnhof. Ich habe ihn seither nicht mehr gesehen. Eine Studie von seiner Hand erinnert mich unablässig seiner, und seinen Weg hab' ich verfolgt, der immer in der gleichen Richtung, immer aufsteigend ging.

Ich fuhr heim, durch die herandrängende Nacht und heranströmendes Gewitter. Immer in Gedanken. An eine Kiste, die niemals geöffnet werden sollte und das barg, was ein tüchtiger und ernster Künstler für sein bestes Werk hielt. An einen Landschafter, der meinte, er könne im Figuralen sein Bestes leisten, er habe es einmal bewiesen und durch ein starkes Erlebnis resigniert; der sich bewußt war, er male eine Seele, wo man ihn um Stimmung und Farbe pries.

War es eine Verwirrung der Begriffe? Oder nur eine neue, tiefere Erkenntnis? Wie eigen: »Und sie hieß auch Hanka. Ist das nicht merkwürdig«, klang mir's in der Seele nach. Und verschmolz sich hier mannigfaches Erlebnis und eine ganze, große, gesegnete Landschaft, die an sich nichts sein sollte, nur Sinnbild und immer erneuertes Ausdrucksmittel für ein armes, schamhaftes Geschöpf, das einem Einzigen zögernd, ungern, aber ganz sich und seinen Reiz offenbarte, ihn nun völlig erfüllte, ihm Dinge offenbarte, die noch niemand vor ihm so vermocht, aus ihm sprach und schuf und die also sehr dem Gau glich, der diesen Künstler geboren, und in ihm, seinen Werken, zuerst ganz und gar jenen Ausdruck fand, der ihm eignete: arm an allem, was blendet, aber Menschen freundlich, sie reichlich nährend und von ihnen geliebt und mit jener Innigkeit umfaßt, die den nimmer läßt, den sie einmal beschlichen hat.

Über tredition

Eigenes Buch veröffentlichen

tredition wurde 2006 in Hamburg gegründet und hat seither mehrere tausend Buchtitel veröffentlicht. Autoren veröffentlichen in wenigen leichten Schritten gedruckte Bücher, e-Books und audio-Books. tredition hat das Ziel, die beste und fairste Veröffentlichungsmöglichkeit für Autoren zu bieten.

tredition wurde mit der Erkenntnis gegründet, dass nur etwa jedes 200. bei Verlagen eingereichte Manuskript veröffentlicht wird. Dabei hat jedes Buch seinen Markt, also seine Leser. tredition sorgt dafür, dass für jedes Buch die Leserschaft auch erreicht wird.

Im einzigartigen Literatur-Netzwerk von tredition bieten zahlreiche Literatur-Partner (das sind Lektoren, Übersetzer, Hörbuchsprecher und Illustratoren) ihre Dienstleistung an, um Manuskripte zu verbessern oder die Vielfalt zu erhöhen. Autoren vereinbaren direkt mit den Literatur-Partnern die Konditionen ihrer Zusammenarbeit und partizipieren gemeinsam am Erfolg des Buches.

Das gesamte Verlagsprogramm von tredition ist bei allen stationären Buchhandlungen und Online-Buchhändlern wie z. B. Amazon erhältlich. e-Books stehen bei den führenden Online-Portalen (z. B. iBookstore von Apple oder Kindle von Amazon) zum Verkauf.

Einfach leicht ein Buch veröffentlichen: **www.tredition.de**

Eigene Buchreihe oder eigenen Verlag gründen

Seit 2009 bietet tredition sein Verlagskonzept auch als sogenanntes "White-Label" an. Das bedeutet, dass andere Unternehmen, Institutionen und Personen risikofrei und unkompliziert selbst zum Herausgeber von Büchern und Buchreihen unter eigener Marke werden können. tredition übernimmt dabei das komplette Herstellungs- und Distributionsrisiko.

Zahlreiche Zeitschriften-, Zeitungs- und Buchverlage, Universitäten, Forschungseinrichtungen u.v.m. nutzen diese Dienstleistung von tredition, um unter eigener Marke ohne Risiko Bücher zu verlegen.

Alle Informationen im Internet: **www.tredition.de/fuer-verlage**

tredition wurde mit mehreren Innovationspreisen ausgezeichnet, u. a. mit dem Webfuture Award und dem Innovationspreis der Buch Digitale.

tredition ist Mitglied im Börsenverein des Deutschen Buchhandels.

Dieses Werk elektronisch lesen

Dieses Werk ist Teil der Gutenberg-DE Edition DVD. Diese enthält das komplette Archiv des Projekt Gutenberg-DE. Die DVD ist im Internet erhältlich auf **http://gutenbergshop.abc.de**

FSC
www.fsc.org
MIX
Papier | Fördert
gute Waldnutzung
FSC® C083411

Zeitfracht Medien GmbH
Ferdinand-Jühlke-Straße 7
99095 Erfurt, Deutschland
produktsicherheit@kolibri360.de